銀河鉄道の夜

イーハトーブの賢治さんへ

宮澤賢治・山元加津子

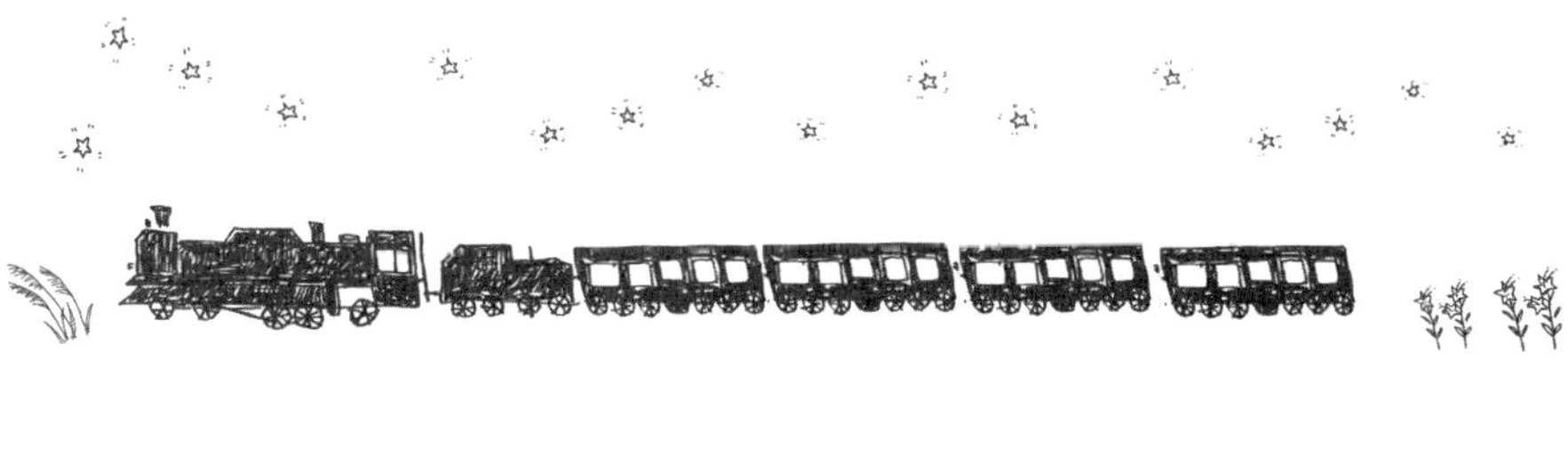

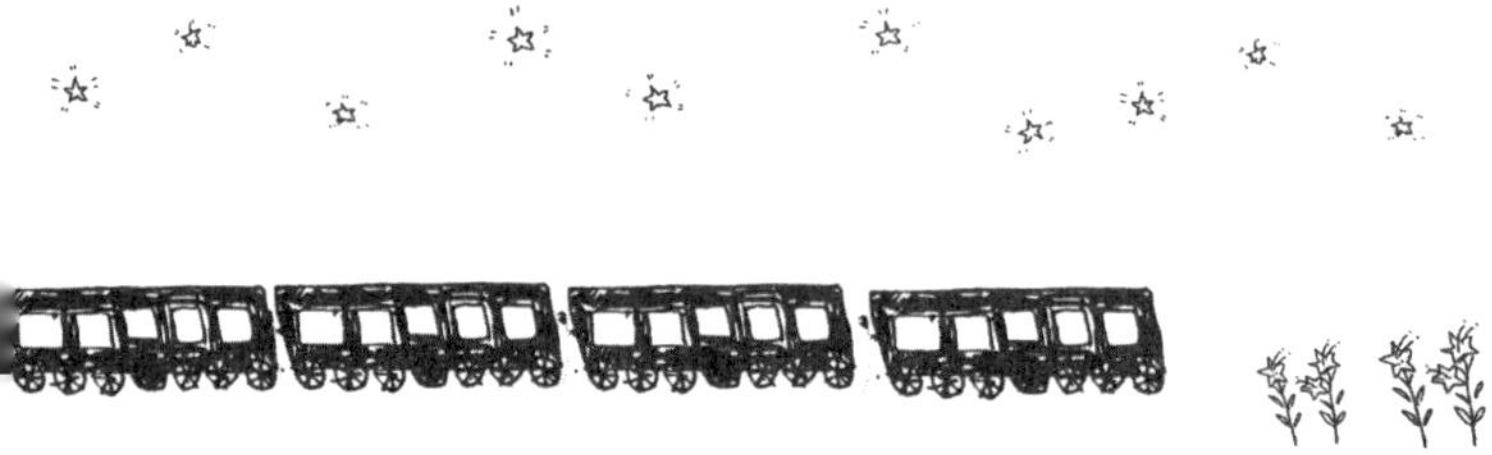

もくじ

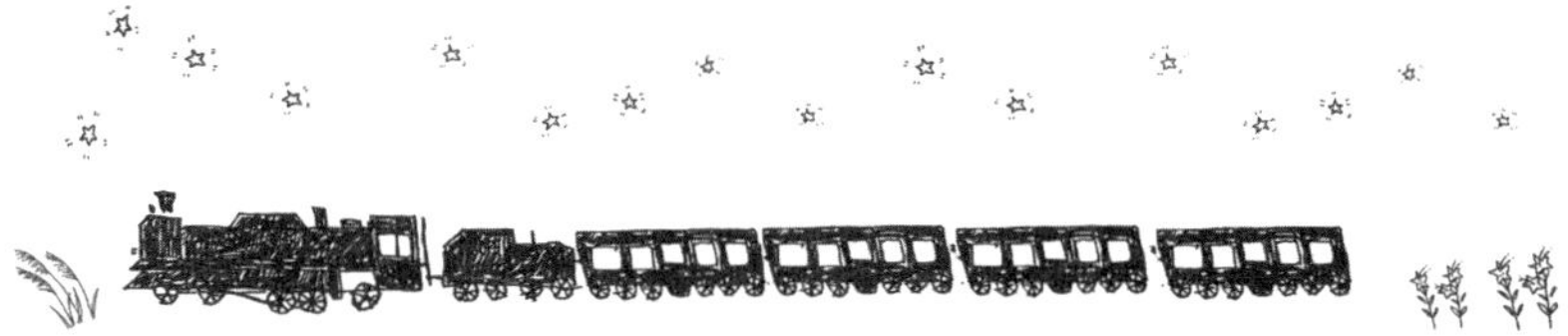

一　午後の授業

「ではみなさん、さういふふうに川だと云はれたり、乳の流れたあとだと云はれたりしてゐた、このぼんやりと白いものが何かご承知ですか。」

先生は、黒板に吊した大きな黒い星座の圖（ず）の、上から下へ白くけぶつた銀河帯のやうなところを指しながら、みんなに問ひをかけました。

カムパネルラが手をあげました。それから四、五人手をあげました。ジョバンニも手をあげようとして、急いでそのままやめました。

たしかにあれがみんな星だと、いつか雑誌で讀（よ）んだのでしたが、このごろはジョバンニはまるで毎日教室でもねむく、本を讀むひまも讀む本もないので、なんだかどんなこともよくわからないといふ氣持がするのでした。

ところが先生は早くもそれを見附けたのでした。

「ジョバンニさん。あなたはわかつてゐるのでせう。」

ジョバンニは勢（いきおい）よく立ちあがりましたが、立つて見るともうはつきりとそれを答へることができないのでした。ザネリが前の席から、ふりかへつて、ジョバンニを見てくすつとわらひました。ジョバンニはもうどぎまぎしてまつ赤になつてしまひました。

先生がまた云ひました。

「大きな望遠鏡で銀河をよつく調べると銀河は大體（だいたい）何でせう。」

やつぱり星だとジヨバンニは思ひましたが、こんどもすぐに答へることができませんでした。

先生はしばらく困つたやうすでしたが、眼をカムパネルラの方へ向けて、

「ではカムパネルラさん。」と名指しました。

するとあんなに元氣に手をあげたカムパネルラが、もぢもぢ立ち上つたままやはり答へができませんでした。

先生は意外のやうにしばらくぢつとカムパネルラを見てゐましたが、急いで、

「では。よし。」と云ひながら、自分で星圖（せいず）を指しました。

「このぼんやりと白い銀河を大きないい望遠鏡で見ますと、もうたくさんの小さな星に見えるのです。ジヨバンニさんさうでせう。」

ジヨバンニはまつ赤になつてうなづきました。けれどもいつかジヨバンニの眼のなかには涙がいつぱいになりました。さうだ僕は知つてゐたのだ、勿論カムパネルラも知つてゐる、それはいつかカムパネルラのお父さんの博士のうちでカムパネルラといつしよに讀んだ雑誌のなかにあつたのだ。それどこでなくカムパネルラは、その雑誌を讀むと、すぐお父さんの書齋（しょさい）から巨（おお）きな本をもつてきて、銀河といふところをひろげ、まつ黒な頁（ページ）いつぱいに白い點々（てんてん）のある美しい寫眞（しゃしん）を二人でいつまでも見たのでした。

それをカムパネルラが忘れる筈もなかつたのに、すぐ返事をしなかつたのは、このごろぼくが、朝にも午後にも仕事がつらく、學校に出てももうみんなともはきはき遊ばず、カムパネルラともあんまり物を云はないやうになつたので、カムパネルラがそれを知つて氣の毒がつてわざと返事をしなかつたのだ。

さう考へるとたまらないほど、じぶんもカムパネルラもあはれなやうな氣がするのでした。

先生はまた云ひました。

「ですからもしもこの天の川がほんたうに川だと考へるなら、その一つ一つの小さな星はみんなその川のそこの砂や砂利の粒にもあたるわけです。またこれを巨きな乳の流れと考へるなら、もつと天の川とよく似てゐます。つまりその星はみな、乳のなかにまるで細かにうかんでゐる脂油（しゆ）の球にもあたるのです。そんなら何がその川の水にあたるかと云ひますと、それは眞空といふ光をある速さで傳（つた）へるもので、太陽や地球もやつぱりそのなかに浮んでゐるのです。

つまりは私どもも天の川の水のなかに棲（す）んでゐるわけです。そしてその天の川の水のなかから四方を見ると、ちやうど水が深いほど青く見えるやうに、天の川の底の深く遠いところほど星がたくさん集つて見え、したがつて白くぼんやり見えるのです。この模型をごらんなさい。」

先生は中にたくさん光る砂のつぶの入つた大きな兩面（りょうめん）の凸レンズを指しました。

「天の川の形はちやうどこんななのです。このいちいちの光るつぶがみんな私どもの太陽と同じやうにじぶんで光つてゐる星だと考へます。私どもの太陽がこのほぼ中ごろにあつて地球がそのすぐ近くにあるとします。みなさんは夜にこのまん中に立つてこのレンズの中を見まはすとしてごらんなさい。こつちの方はレンズが薄いのでわずかの光る粒即ち星しか見えないのでせう。こつちやこつちの方はガラスが厚いので、光る粒即ち星がたくさん見え、その遠いのはぼうつと白く見えるといふ、これがつまり今日の銀河の説なのです。そんならこのレンズの大きさがどれ位あるか、またその中のさまざまの星についてはもう時間ですから、この次の理科の時間にお話します。では今日はその銀河のお祭なのですから、みなさんは外へでてよくそらをごらんなさい。ではここまでです。本やノートをおしまひなさい。」

そして教室中はしばらく机の蓋をあけたりしめたり本を重ねたりする音がいつぱいでしたが、まもなくみんなはきちんと立つて禮をすると教室を出ました。

賢治さん、みんなで一緒に読みたいと、また賢治さんの『銀河鉄道の夜』を読み始めました。

初めて賢治さんの作品に触れたのはいつだったでしょう。そしてどの作品だったでしょう。おそらくは、新聞社に勤めていた父が本好きで、毎月書店からとっていた本の中に、私と妹のためのものがあり、その中の童話のひとつがそうだったと思います。それから同じように、伝記の全集も毎月一冊ずつ届いていて、その中にも賢治さんの伝記がありました。

それから、運動があまりにできなくて、本を読むことのほうが好きで、学校の図書館の本を端から順に借りていたので、そのときにもおそらくは賢治さんの作品に触れたと思います。

私は賢治さんが物語や詩の中で使う言葉が好きでした。宇宙や化学式やランプや幻灯機など、懐かしいような違う世界でもあるような不思議な世界でした。それから、図書館にあった古い本は文語体でした。文語体にも惹かれました。

たとえば、

『春と修羅』「小岩井農場」から

すきとほつてゆれてゐるのは
さつきの剽悍（ひょうかん）な四本のさくら
わたくしはそれを知つてゐるけれども

眼にははつきり見てゐない
たしかにわたくしの感官の外で
つめたい雨がそそいでゐる
（天の微光にさだめなく
うかべる石をわがふめば
　おゝユリア　しづくはいとど降りまさり
　　カシオペーアはめぐり行く）
　　　ユリアがわたくしの左を行く
　　　　大きな紺いろの瞳をりんと張つて
　　　ユリアがわたくしの左を行く
　　ペムペルがわたくしの右にゐる
　　　……はさつき横へ外れた
あのから松の列のとこから横へ外れた
（幻想が向ふから迫つてくるときは
もうにんげんの壊れるときだ）
わたくしははつきり眼をあいてあるいてゐるのだ
　ユリア　ペムペル　わたくしの遠いともだちよ

わたくしはずゐぶんしばらくぶりで
　きみたちの巨きなまつ白なすあしを見た
　　どんなにわたくしはきみたちの昔の足あとを
　白堊系の頁岩（けつがん）の古い海岸にもとめただらう
《あんまりひどい幻想だ》
わたくしはなにをびくびくしてゐるのだ
どうしてもどうしてもさびしくてたまらないときは
ひとはみんなきつと斯ういふことになる
きみたちとけふあふことができたので
わたくしはこの巨きな旅のなかの一つづりから
血みどろになつて遁げなくてもいいのです

……後略……

あゝ、賢治さん、あなたはなんと美しい言葉を使われるのでしょう。

けれど、最初は見たことのない文字が並び、簡単に読むことはできませんでした。「い」と「ゐ」がｉとｗｉというふうに発音からすでに違うということを知ったのも、その頃でした。

小学生の頃の私には、詩の言葉もあまりに難しかったけれど、だからこそ楽しくて、そして賢治さんは何を見て、何を言いたかったのかと考えている時間がすごくしあわせでした。

賢治さん、私は、理学部を出て理科の教員をしていました。特別支援学校に勤めていて、あまり理科の授業はなかったけれど、病弱特別支援学校に勤めているときは、理科の授業を担当していました。

子どもたちは宇宙の話が大好きでした。

あるときに、どうして月はいつも同じ面を地球に向けているのかという授業になったのです。教科書には、「月は地球の周りを一回公転する間に、それと同じ向きに月自身が一回自転していて、そのため月はいつも同じ面を地球に向けています」というようなことが書いてあります。

文章だけではあんまりピンと来ないけれど、みんなで月になったり、地球になったり、太陽になって、一緒にくるくる回ったり、手をつないだりしながら実験をします。月になったお子さんが、いつも地球になったお子さんの方向を向きながら、そのお子さん（地球）の周りを一回りすると（公転すると）、ちゃんと月になったお子さんも一回自分で回っていて、自転することを発見すると、目をキラキラさせて喜んでくれます。地球の引力でだんだんそうなったんだということも、そこで知ると、そのことも、忘れずにいてくれます。

銀河系を粘土で凸レンズの形に作って、太陽系のある場所に小さなキラキラしたものを埋め込んで、銀河系の形を地球から見たらどうなるかという想像をするのです。ある場所は、銀河

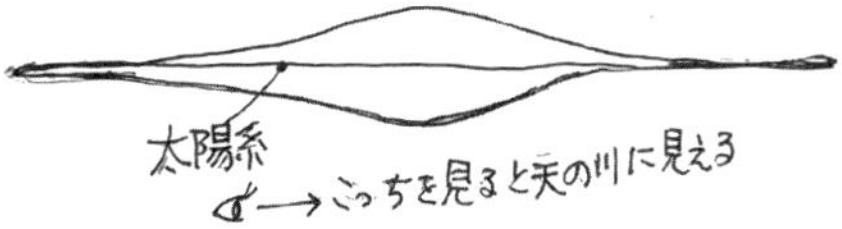

系の形の外側までの距離は短く、ある場所はずいぶん長いのです。

みんなは自分たちで「そっか、長いところには星がいっぱいあるから、それが銀河になって見えるんだね」「わかった！」と見つけてくれるのです。

私たちは宇宙の中に「ある」のだと言うことをみんなで「わかった！」と思う時間は楽しいです。そして、私たちが体験していることには、理由があるのだと知ることも楽しいなあと思います。

賢治さんは農業学校の先生でしたね。でも『銀河鉄道の夜』のお話に出てくるみたいにきっと宇宙のお話もされたと思います。どんなお話をされたのかなあ。賢治さんのお話聞いてみたかったなあと思うのでした。

第一章を読んで思ったのは、子どもたちはガラスのように繊細な心を持っていて、とても傷つきやすいということでした。私たち教員は、平気で手を挙げてもいないお子さんを指したりします。答えを知っていても、いたずらっ子がクスッと笑ったりすれば、答えられなくなったりもするでしょう。それから、最初から答えられなかったとしても、どんなに悲しい気持ちになるでしょう。みんなの前で答えたあと、みんなが「おなじでーす」「ちがいまーす」と言うような授業はどこでも行われていると思うのです。何がいいとか悪いとかそんなことではなくて、子どもたちのガラスのような心を知っていたかったなと振り返って思います。

でも、賢治さんのこの章に出てくる先生はとても優しいですね。

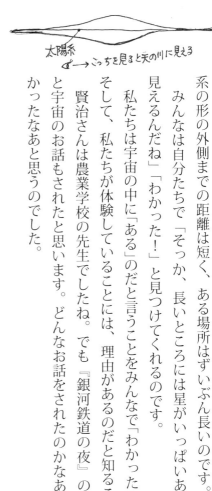

二　活版所

ジョバンニが學校の門を出るとき、同じ組の七、八人は家へ歸らずカムパネルラをまん中にして校庭の隅の櫻の木のところに集まつてゐました。それはこんやの星祭に青いあかりをこしらへて、川へ流す烏瓜を取りに行く相談らしかつたのです。

けれどもジョバンニは手を大きく振つてどしどし學校の門を出て來ました。すると町の家々ではこんやの銀河の祭りにいちゐの葉の玉をつるしたり、ひのきの枝にあかりをつけたり、いろいろ仕度をしてゐるのでした。

家へは歸らずジョバンニが町角を三つ曲つてある大きな活版所にはいつて、靴をぬいで上りますと、突き當りの大きな扉をあけました。中にはまだ晝（ひる）なのに電燈がついて、たくさんの輪轉器（りんてんき）がばたり、ばたりとまはり、きれで頭をしばつたり、ラムプシエードをかけたりした人たちが、何か歌ふように讀んだり數へたりしながらたくさん働いて居りました。

ジョバンニはすぐ入口から三番目の高い椅子に坐つた人の所へ行つておじぎをしました。その人はしばらく棚をさがしてから、

「これだけ拾つて行けるかね。」と云ひながら、一枚の紙切れを渡しました。ジョバンニはその

人の椅子の足もとから一つの小さな平たい箱をとりだして、向うの電燈のたくさんついたたてかけてある壁の隅の所へしやがみ込むと、小さなピンセットでまるで粟粒ぐらゐの活字を次から次と拾ひはじめました。

　青い胸あてをした人がジヨバンニのうしろを通りながら、

「よう、蟲めがね君、お早う。」と云ひますと、近くの四、五人の人たちが聲（こえ）もたてずこつちも向かずに冷めたくわらひました。

　ジヨバンニは何べんも眼を拭ひながら活字をだんだんひろひました。

　六時がうつてしばらくたつたころ、ジヨバンニは拾つた活字をいつぱいに入れた平たい箱をもういちど手にもつた紙きれと引き合せてから、さつきの椅子の人へ持つて來ました。その人は默つてそれを受け取つて微（わず）かにうなづきました。

　ジヨバンニはおじぎをすると扉をあけて計算臺（だい）のところに來ました。すると白服を着た人がやつぱりだまつて小さな銀貨を一つジヨバンニに渡しました。ジヨバンニは俄（にわ）かに顔いろがよくなつて威勢よくおじぎをすると、臺（だい）の下に置いた鞄をもつておもてへ飛びだしました。それから元氣よく口笛を吹きながらパン屋へ寄つてパンの塊を一つと角砂糖を一袋買ひますと一目散に走りだしました。

賢治さん、「これだけ拾って行けるかね」私はここの部分がすごく好きで、何度もこんなふうだっただろうかと想像して、活版所の男の人になった気持ちで口の中で読んだことがあるのです。何かジョバンニが活字を拾っているようすが、眼に浮かぶようなのです。

その夜が星祭りの日だということ。病気の母さんが待っているということ。パンを買ったら、母さんがよろこぶだろうかということ。いろんなことも、考えながらジョバンニは活字を懸命に拾っていたのでしょうか？　ジョバンニの一生懸命さと活版所の様子がやっぱり、まるで見たことがあるように、思い浮かぶのはどうしてでしょう。

もう十年以上も前に、私、賢治さんを感じたくて花巻に出かけました。そこでガイドブックをいただきました。

そこには、

「授業が終わると家へは帰らずジョバンニが町角を三つ曲がって」とある、三つ曲がる理由が書いてありました。

『銀河鉄道の夜』の小学校のモデルとなった花城小学校はお城の中にあって、敵が攻め込みにくいようにカギ型に道が曲がっていたそうです。そこで二回曲がったあと、やはりモデルと考えられる大正活版所は新しくできた道路に面していたために、もう一回曲り、そんなにも離れていないのに、合計三つも曲がったと書いてありました。『銀河鉄道の夜』を読んだときには、取り立てて三度というところで、私は何も感じなかったのに、ガイドブックを読んだあとは、賢治さんがここを曲がりながら歩いていたのだと思うとすごくうれしくなりました。そしてもしかしたら、『銀河鉄道の夜』は賢治さんが鉄道に乗って、空を駆け巡ったのだろうかとそんなことまで妄想したりするのでした。賢治さん、本当のところはどうなのでしょう。

この活版所で、賢治さんも活字を拾うのを手伝って、詩集『春と修羅』を印刷したのだそうですね。それから、時には活字が足らなかったり、なかったりすると、盛岡まで賢治さんが探しに行ったというお話にワクワクしながらガイドブックを読んだんですよ。

賢治さん、私の父は新聞社に勤めていました。ときに活字を拾ったからと指先を真っ黒にして帰ってきたこともありました。真っ黒のインクはなかなか落ちなくて、家に帰ってからも指先に固形の石鹸をこすりつけて手を洗っていたことを思い出します。それから、何度も使ったために、もうすり減って使えなくなって捨てる寸前の活字をひとつ持ってきてくれたこともありました。私はそれがうれしくて、宝物としていつまでも大切に持っていました。この小さな活字が、新聞や大好きな本を作っていくのだと思うとワクワクが止まらなかったのです。

「どうやって活字を拾うの？」と父に聞くと、父は木の棚の中に活字がいっぱい入っていて、たくさん使う活字はいっぱい、それほど使わない活字は少なくて、そこから選んで組んでいくのだと教えてくれました。たくさんの人の手にかかった、気の遠くなるような作業です。そんなふうに組まれて文章の塊ができたと思うと、それは、自然や人間などひとつひとつが集まって地球を作っているように、文字一つにドラマがあるような気さえしてくるのでした。

賢治さん、私ね、賢治さんとお父様のことを描いた『銀河鉄道の父』という映画を去年見ました。賢治さんのことを最後まで応援しておられたお父さん。賢治さんも大好きだったのですね。私も父が大好きでした。そして今も大好きです。

ところで、今のように、パソコンで打った文字がデータになり、遠く離れた国にまで飛び、印刷所にも飛んで行き、時にはＩＴが翻訳までしてくれるなんて、賢治さんにはもしかしたら思いもしないことだったでしょうか。

活版印刷はとても味のあるものですね。特別支援学校でも子どもたちが活字を拾って名刺作りをしていました。触るとでこぼこしていて、それがとっても素敵なのです。人の手が入ったものはやはり温かいなあと思います。

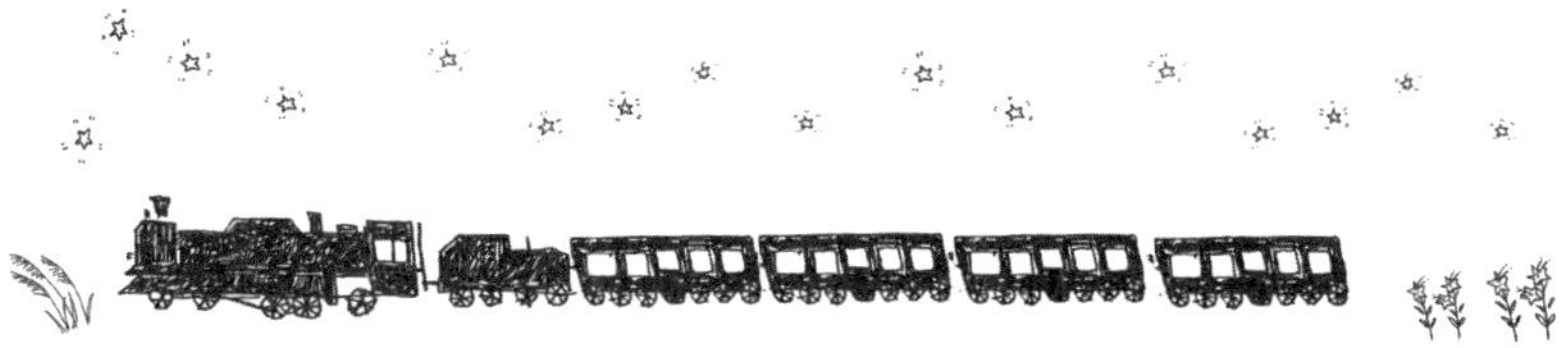

三　家

　ジョバンニが勢よく歸つて來たのは、ある裏町の小さな家でした。その三つならんだ入口の一番左側には空箱に紫いろのケールやアスパラガスが植ゑてあつて、小さな二つの窓には日覆（ひおお）ひが下りたままになつてゐました。

「お母さん、いま歸つたよ。工合惡くなかつたの。」ジョバンニは靴をぬぎながら云ひました。

「ああ、ジョバンニ、お仕事がひどかつたらう。今日は涼しくてね。わたしはずうつと工合がいいよ。」

　ジョバンニは玄關（げんかん）を上つて行きますとジョバンニのお母さんがすぐ入口の室に白い布を被つてやすんでゐたのでした。

　ジョバンニは窓をあけました。

「お母さん、今日は角砂糖を買つてきたよ。牛乳に入れてあげようと思つて。」

「ああ、お前さきにおあがり。あたしはまだほしくないんだから。」

「お母さん。姉さんはいつ歸つたの。」

「ああ、三時ごろ歸つたよ。みんなそこらをしてくれてね。」

「お母さんの牛乳は來てゐないんだらうか。」

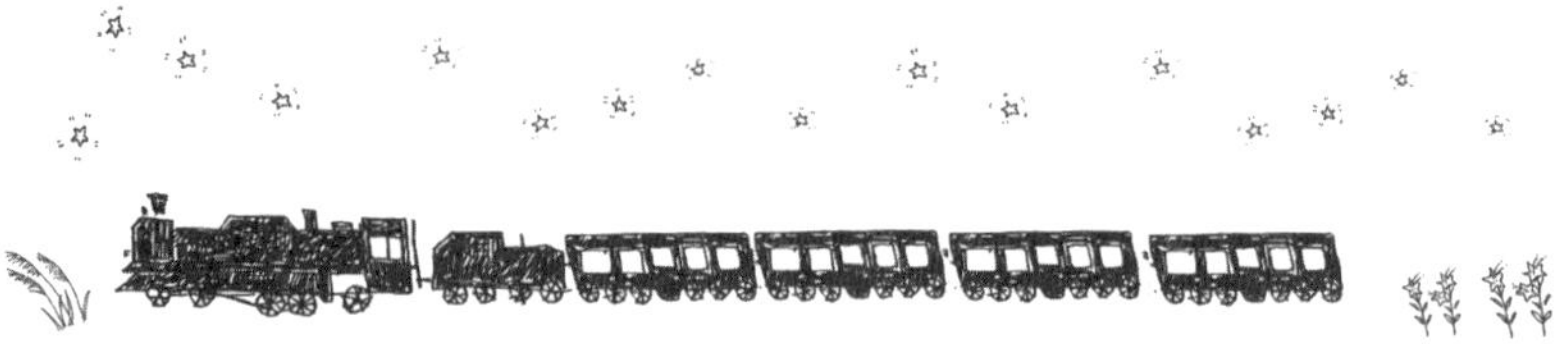

「來なかつたらうかねえ。」

「ぼく行つてとつて來よう。」

「あああたしはゆつくりでいいんだからお前さきにおあがり。姉さんがね、トマトで何かこしらへてそこへ置いて行つたよ。」

「ではぼくたべよう。」

　ジョバンニは窓のところからトマトの皿をとつてパンといつしよにしばらくむしやむしやたべました。

「ねえお母さん。ぼくお父さんはきつと間もなく歸つてくると思ふよ。」

「あああたしもさう思ふ。けれどもおまへはどうしてさう思ふの。」

「だつて今朝の新聞に今年は北の方の漁は大へんよかつたと書いてあつたよ。」

「あつたけどねえ、お父さんは漁へ出てゐないかもしれない。」

「きつと出てゐるよ。お父さんが監獄へ入るやうなそんな惡いことをした筈がないんだ。この前お父さんが持つてきて學校に寄贈した巨きな蟹の甲らだの馴鹿（となかい）の角だの、今だつてみんな標本室にあるんだ。六年生なんか、授業のとき先生がかはるがはる教室へ持つて行くよ。」

「お父さんはこの次はおまへにラツコの上着をもつてくるといつたねえ。」

「みんながぼくにあふとそれを云ふよ。ひやかすやうに云ふんだ。」

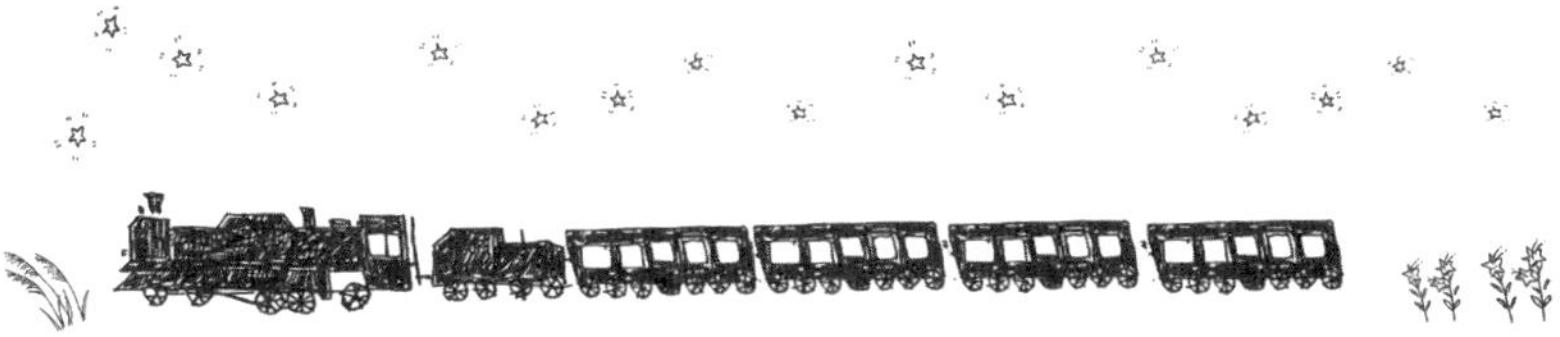

「おまへに惡口を云うの？」

「うん、けれどもカムパネルラはみんながそんなことを云ふときは氣の毒さうにしてゐるよ。」

「カムパネルラのお父さんとうちのお父さんとはちやうどおまへたちのやうに、小さいときからお友達だつたさうだよ。」

「ああだからお父さんはぼくをつれてカムパネルラのうちへもつれて行つたよ。あのころはよかつたなあ。ぼくは學校から歸る途中たびたびカムパネルラのうちに寄つた。カムパネルラのうちにはアルコールラムプで走る汽車があつたんだ。レールを七つ組み合せると圓（まる）くなつてそれに電柱や信號標（しんごうひょう）もついてゐて、信號標のあかりは汽車が通るときだけ青くなるやうになつてゐたんだ。いつかアルコールがなくなつたとき石油をつかつたら、罐（かま）がすつかり煤（すす）けたよ。」

「さうかねえ。」

「いまも毎朝新聞をまはしに行くよ。けれどもいつでも家中まだしいんとしてゐるからな。」

「早いからねえ。」

「ザウエルといふ犬がゐるよ。しつぽがまるで箒のやうだ。ぼくが行くと鼻を鳴らしてついてくるよ。ずうつと町の角までついてくる。もつとついてくることもあるよ。今夜はみんなで烏瓜のあかりを川へながしに行くんだつて。きつと犬もついて行くよ。」

「さうだ。今晩は銀河のお祭だねえ。」

「うん。ぼく牛乳をとりながら見てくるよ。」

「ああ行つておいで。川へははいらないでね。」

「ああぼく、岸から見るだけなんだ。一時間で行つてくるよ。」

「もつと遊んでおいで。カムパネルラさんと一緒なら心配はないから。」

「ああきつと一緒だよ。お母さん、窓をしめて置かうか。」

「ああ、どうか。もう涼しいからね。」

　ジョバンニは立つて窓をしめ、お皿やパンの袋を片附けると勢よく靴をはいて、

「では一時間半で歸つてくるよ。」と云ひながら暗い戸口を出ました。

賢治さん、私はここで、ジョバンニがどうしてまだ学校へ通っている年齢なのに、働いているのかということや、そのほかにもいろいろなことを知りました。ジョバンニは、活版所だけでなくて、朝早く起きて、新聞配達をしているということ、お父さんは北方へ漁に出たきり帰ってこないのか、あるいは、何かがあって、監獄に入っているのかもしれないということなど。それからお母さんが病気で、お姉さんがいて、お母さんやジョバンニの世話もしてくれているのですね。

賢治さん、私は特別支援学校に長く勤めていました。子どもたちはいつもとびきり優しいなあと思います。

ある日たけちゃんが「昨日はおばあちゃんと寝ました」と言いました。もう中学生なのに、たけちゃんは甘えん坊で、寂しがり屋だなあと思いました。

でもそのあとのたけちゃんの日記の言葉に涙が止まりませんでした。

「おじいちゃんが死んだけど、僕がいるよと言いました。おばあちゃんが寂しくないように、一緒に寝ようねと言いました」

ねえ、賢治さん、子どもたちは本当に優しいです。甘えん坊さんだなと思った自分が恥ずかしい気持ちになりました。

それから支援学校で出会った齋藤美里さん、みいちゃんの「お母さんはどうなん？」という詩がＮＨＫのハート展に選ばれたことがあったのです。

「お母さんはどうなん？　私がさびしいかじゃなくて　お母さんはどうなん？」

みいちゃんとすごした学校には寄宿舎があります。学校から遠かったり、通うのが難しかったり、あるいは、日常のいろんなことを学んでいくなど、いろいろな理由で、寄宿舎を利用することができるようになっています。

みいちゃんも、学校にいるあいだ、寄宿舎に入っておられました。土日におうちに帰るたびに、お母さんは、「みいちゃん、さびしくない？　だいじょうぶ？」と、心配そうに尋ねられるのです。

そんなときにみいちゃんは、「私より、私と離れて、お母さんがさびしいのじゃない？」ととても心配をしていたのですね。そんなみいちゃんの詩が、ＮＨＫのハート展という詩の展覧会で入賞して、ハート展の授賞式にみいちゃんが招待されました。

みいちゃんのお母さんがちょうどお仕事で外国へ行く日と授賞式の日程が重なったので、私がみいちゃんの授賞式に出席させていただけることになったのです。お母さんは、またみいちゃんに「ママが外国に行ってさびしくない？」と尋ねられたのだそうです。みいちゃんは「ママが外国へなかなか行かんから、東京がなかなかやってこん」と言ったそうで、「もう、私のことなんかより、みさとは東京へ行くことばかりが楽しみみたいなの」とお母さんが笑っておっしゃっていました。

お母さんに心配をかけないでいようと思ったこともあっただろうし、きっと東京がとても楽しみということもあるんだなあと思いました。

それにしても、お母さんもみいちゃんもなんて優しいのでしょう。短い詩だけれど、おふたりの優しい関係が表れていて、涙が出そうになるのです。


ねえ賢治さん、ジョバンニもジョバンニのお母さんも優しいですね。大好きな人がいたら、その人に少しでも喜んでほしい。おいしいものを食べてほしい。元気でいてほしい。

私たちはそんなふうに思うように作られているのかもしれませんね。

四　ケンタウル祭の夜

ジョバンニは、口笛を吹いてゐるやうなさびしい口付きで、檜（ひのき）のまつ黒にならんだ町の坂を下りて來たのでした。

坂の下に大きな一つの街燈が、青白く立派に光つて立つてゐました。ジョバンニがどんどん電燈の方へ下りて行きますと、いままでばけもののやうに、長くぼんやり、うしろへ引いてゐたジョバンニの影ぼふしは、だんだん濃く黒くはつきりなつて、足をあげたり手を振つたり、ジョバンニの横の方へまはつて來るのでした。

（ぼくは立派な機關車だ。ここは勾配だから速いぞ。ぼくはいまその電燈を通り越す。そうら、こんどはぼくの影法師はコムパスだ。あんなにくるつとまはつて、前の方へ來た。）

とジョバンニは思ひながら、大股にその街燈の下を通り過ぎたとき、いきなりひるまのザネリが、新しいえりの尖つたシヤツを着て、電燈の向う側の暗い小路から出て來て、ひらつとジョバンニとすれちがひました。

「ザネリ、烏瓜ながしに行くの。」ジョバンニがまださう云つてしまはないうちに、その子が投げつけるやうにうしろから、さけびました。

「ジョバンニ、お父さんから、ラッコの上着が來るよ。」

　ジョバンニは、はつと胸がつめたくなり、そこら中きいんと鳴るやうに思ひました。

「何んだ、ザネリ。」とジョバンニは高く叫び返しましたが、もうザネリは向うのひばの植つた家の中へはいつてゐました。

（ザネリはどうしてぼくがなんにもしないのにあんなことを云ふのだらう。走るときはまるで鼠のやうなくせに。ぼくがなんにもしないのにあんなことを云ふのはザネリがばかだからだ。）

　ジョバンニは、せはしくいろいろのことを考へながら、さまざまの灯や木の枝で、すつかりきれいに飾られた街を通つて行きました。時計屋の店には明るくネオン燈がついて、一秒ごとに石でこさへたふくろふの赤い眼が、くるつくるつとうごいたり、いろいろな寶石（ほうせき）が海のやうな色をした厚い硝子の盤に載つて、星のやうにゆつくりめぐつたり、また向う側から、銅の人馬がゆつくりこつちへまはつて來たりするのでした。そのまん中に圓（まる）い黒い星座早見が青いアスパラガスの葉で飾つてありました。

　ジョバンニはわれを忘れてその星座の圖（ず）に見入りました。

　それはひる學校で見たあの圖よりはずうつと小さかつたのですが、その日の時間に合せて盤をまはすと、そのとき出てゐるそらがそのまま楕圓形（だえんけい）のなかにめぐつてあらはれるやうになつて居り、やはりそのまん中には上から下へかけて銀河がぼうとけむつたやうな帯になつて、その下の方ではかすかに爆發して湯氣でもあげてゐるやうに見えるのでした。またそのうしろには三本の脚のついた小さな望遠鏡が黄いろに光つて立つてゐましたし、いちば

んうしろの壁には空ぢゆうの星座をふしぎな獸や蛇や魚などの形に書いた大きな圖がかかつてゐました。ほんたうにこんなやうな蝎（さそり）だの勇士だのそらにぎつしり居るだらうか、ああぼくはその中をどこまでも歩いて見たいと思つたりしてしばらくぼんやり立つて居ました。

それから俄かにお母さんの牛乳のことを思ひだしてジヨバンニはその店をはなれました。

そしてきゆうくつな上着の肩を氣にしながら、それでもわざと胸を張り、大きく手を振つて町を通つて行きました。

空氣は澄みきつて、まるで水のやうに通りや店の中を流れましたし、街燈はみなまつ青なもみや楢（なら）の枝で包まれ、電氣會社の前の六本のプラタナスの木などは、中に澤山（たくさん）の豆電燈がついて、ほんたうにそこらは人魚の都のやうに見えるのでした。子どもらは、みんな新らしい折のついた着物を着て、星めぐりの口笛を吹いたり、「ケンタウルス、露をふらせ。」と叫んで走つたり、青いマグネシヤの花火を燃したりして、たのしさうに遊んでゐるのでした。けれどもジヨバンニは、いつかまた深く首を垂れて、そこらのにぎやかさとはまるでちがつたことを考へながら牛乳屋の方へ急ぐのでした。

ジヨバンニは、いつか町はづれのポプラの木が幾本も幾本も、高く星ぞらに浮かんでゐるところに來てゐました。その牛乳屋の黒い門を入り、牛の匂のするうすぐらい臺所（だいどころ）の前に立つて、ジヨバンニは帽子をぬいで「今晩は」と云ひましたら、家の中はしいんとして誰も居たやうではありませんでした。

「今晩は、ごめんなさい。」ジョバンニはまつすぐに立つてまた叫びました。するとしばらくたつてから、年老つた女の人が、どこか工合が惡いやうにそろそろと出て來て何か口の中で云ひました。

「あの、今日、牛乳が僕んとこへ來なかつたので、貰ひにあがつたんです。」ジョバンニが一生けん命勢ひよく云ひました。

「いま誰もゐないでわかりません。あしたにして下さい。」その人は赤い眼の下のところを擦（こす）りながら、ジョバンニを見おろして云ひました。

「おつかさんが病氣なんですから今晩でないと困るんです。」

「ではもう少したつてから來てください。」その人はもう行つてしまひさうでした。

「さうですか。ではありがたう。」ジョバンニは、お辭儀をして臺所から出ました。けれどもなぜか泪がいつぱいに湧きました。

（ぼくは早く歸つておつかさんにあの時計屋のふくろふの飾りのことや星座早見のことをお話しよう。）ジョバンニはせはしくこんなことを考へながら、十字になつた町のかどをまがらうとしましたら、向うの橋へ行く方の雜貨店の前で、黒い影やぼんやりした白いシャツが入り亂れて、六、七人の生徒らが口笛を吹いたり笑つたりして、めいめい烏瓜の燈火（あかり）を持つてやつて來るのを見ました。その笑ひ聲も口笛もみんな聞きおぼえのあるものでした。ジョバンニの同級の子供らだつたのです。ジョバンニは思はずどきつとして戻らうとしましたが、思ひ直し

て一そう勢ひよくそつちへ歩いて行きました。

「川へ行くの。」ジヨバンニが云はうとして、少しのどがつまつたやうに思つたとき、

「ジヨバンニ、ラツコの上着が來るよ。」さつきのザネリがまた叫びました。

「ジヨバンニ、ラツコの上着が來るよ。」すぐみんなが、續（つづ）いて叫びました。ジヨバンニはまつ赤になつて、もう歩いてゐるのかもよくわからず、急いで行きすぎようとしましたら、そのなかにカムパネルラが居たのです。カムパネルラは氣の毒さうに、だまつて少しわらつて、怒らないだらうかといふやうにジヨバンニの方を見てゐました。

ジヨバンニは、遁（に）げるやうにその眼を避け、そしてカムパネルラのせいの高いかたちが過ぎて行つて間もなく、みんなはてんでに口笛を吹きました。町かどを曲るとき、ふりかへつて見ましたら、ザネリがやはりふりかへつて見てゐました。そしてカムパネルラもまた、高く口笛を吹いて、向うにぼんやり見えてゐる橋の方へ歩いて行つてしまつたのでした。ジヨバンニはなんとも云へずさびしくなつて、いきなり走り出しました。すると耳に手をあてて、わああと云ひながら片足でぴよんぴよん跳んでゐた小さな子供らは、ジヨバンニが面白くてかけるのだと思つて、わあいと叫びました。

どんどんジヨバンニは走りました。

けれどもジヨバンニは、まつすぐに坂をのぼつて、おつかさんの家へは歸らないで、ちやうどその北の方の町はづれへ走つて行つたのです。そこには、河原のぼうつと白く見える小さな

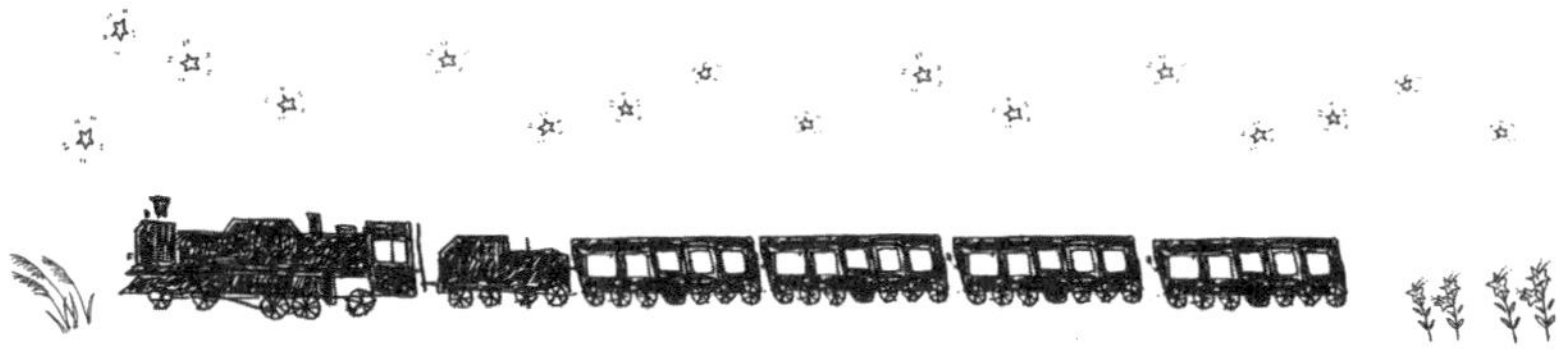

川があつて、細い鐵（てつ）の欄干のついた橋がかかつてゐました。
（ぼくはどこへもあそびに行くとこがない。ぼくはみんなから、まるで狐のやうに見えるんだ。）

　ジョバンニは橋の上でとまつて、ちよつとの間、せはしい息できれぎれに口笛を吹きながら泣き出したいのをごまかして立つてゐましたが、にはかにまたちからいつぱい走りだして、黒い丘の方へいそぎました。

賢治さん、私、ずっと思うのです。

人はどうして誰かをいじめたり、悪口を言ったりしてしまうのでしょう。本当は人は、「あなたがうれしいと私もうれしいし、あなたが悲しいと私も悲しい」そういうふうに作られているのだと私は思っています。賢治さんはどんなふうに思われますか？

私の大好きな生命学者の村上和雄先生は、ミラーニューロンというものが発見されたと教えてくださいました。ミラーニューロンは、生まれつき誰もが持っているもので、それこそが、目の前の人の喜びを自分の喜びと感じ、目の前の人の悲しみを自分の悲しみのように感じる理由なのです。だからこそ、「かっこちゃんは目の前の人の痛みを感じられるのだ」と教えてくださいました。

そしてね、賢治さん。それは誰でも持っているものだということが、私にとって、大きな救いでした。

それなのに、私もときに、人の悪口を言ってしまうことがあります。我慢ができずに愚痴を言ったこともあります。もう決して悪口を言わないと何度決意しても、また知らず知らずに言ってしまう自分に気がつくのです。そのときは、すごく悲しい気持ちになります。賢治さん、きっと自分が嫌いになるのだと思うのです。

昔、ブータンに行ったことがありました。ブータンは、賢治さんが通っておられた岩手の学校と似ているなあと思ったことがありました。素朴で優しくて、みなさん、恥ずかしそうに笑顔をみせてくれるんです。

私ね、小学校にも行ったのです。そのとき、子どもたちに「いじめはありますか？」と尋ねました。「いじめってどんなこと？」と子どもたちが聞くのです。

「一人だけをのけものにしたり、ものを隠したり、ひどいことをみんなで言うこと」と言うと、ブータンの少年は不思議そうな顔で私に、「どうして、なんのためにそんなことをするの？」と聞き返しました。

「そんなことをしたら、自分のことが好きになれない。好きになれなかったら、誰のこともしあわせにできない。自分もしあわせに生きられない。どうしてそんなことをするの？」と言うのです。

私はびっくりして、ガイドさんにその話をしたら、ガイドさんは、ブータンには泥棒がいないと言いました。「どうして？」とまた尋ねたときにガイドさんも「そんなことをしたら、自分が恥ずかしいでしょう。そしてそんな自分を誇れない」と言いました。日本でも昔、「誰が見ていなくても、お天道さんがみておられる」と言い合ったなあと思います。

少年の言葉にもガイドさんの言葉にも涙が出ました。そして、泥棒やいじめがあっても当たり前のように思っている自分が恥ずかしくなりました。私も自分を好きでいたい。自分を誇りに思いたい。自分に恥じないことをしていきたいと思いました。

ねえ、賢治さん、それにしてもザネリはどうしてこんなに意地悪を言うのでしょう。ザネリ自身も何か大きな悲しみを抱えているのでしょうか？

……＊……

ジョバンニがまださう云つてしまはないうちに、その子が投げつけるやうにうしろから、さけびました。

「ジョバンニ、お父さんから、ラッコの上着が來るよ。」

ジョバンニは、はつと胸がつめたくなり、そこら中きいんと鳴るやうに思ひました。

……＊……

ここを読むと、私の中にもジョバンニがいて、そのジョバンニが泣くのです。そして、やっぱり胸が冷たくなるようでした。

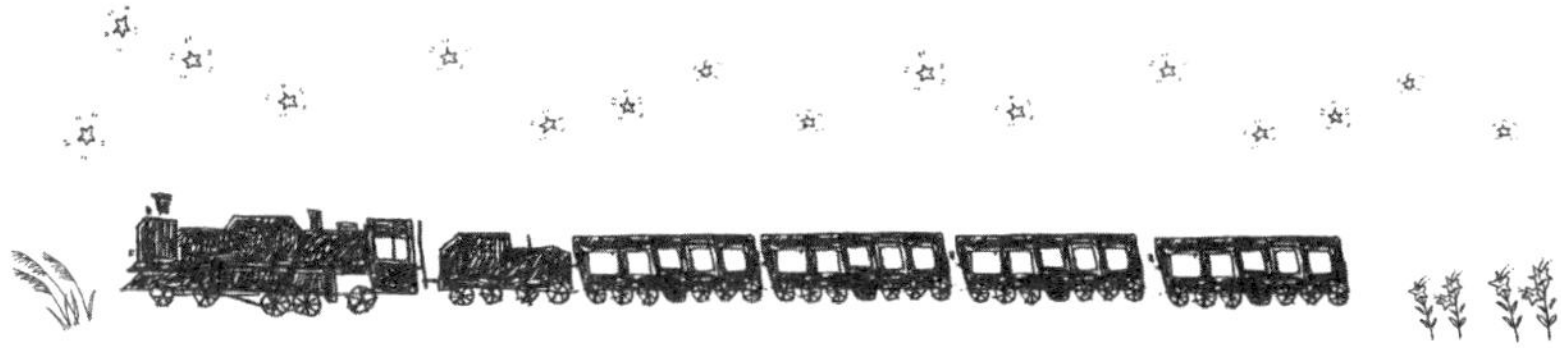

五　カムパネルラ（原書ではこの部分は最後にあります）

どんどん黒い松の林の中を通つて、それからほの白い牧場の柵をまはつて、さつきの入口から暗い牛舎の前へまた來ました。

そこには誰かがいま歸つたらしく、さつきなかつた一つの車が、何かの樽を二つ乘つけて置いてありました。

「今晩は。」ジョバンニは叫びました。

「はい。」白い太いずぼんをはいた人がすぐ出て來て立ちました。

「何のご用ですか。」

「今日牛乳がぼくのところへ來なかつたのですが。」

「あ、濟みませんでした。」その人はすぐ奥へ行つて、一本の牛乳瓶をもつて來て、ジョバンニに渡しながら、また云ひました。

「ほんたうに濟みませんでした。今日はひるすぎ、うつかりしてこうしの柵をあけて置いたもんですから、大将早速親牛のところへ行つて半分ばかり呑んでしまひましてね……。」その人はわらひました。

「さうですか。ではいただいて行きます。」

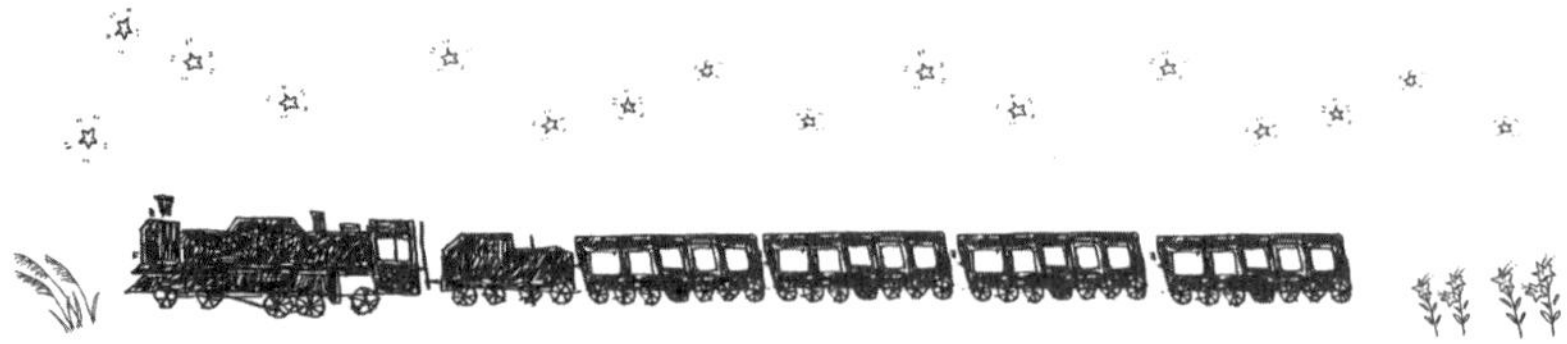

「ええ、どうも濟（す）みませんでした。」

「いいえ。」ジヨバンニはまだ熱い乳の瓶を兩方のてのひらで包むやうにもつて牧場の柵を出ました。

そしてしばらく木のある町を通つて、大通りへ出てまたしばらく行きますとみちは十文字になつて、右手の方に、さつきカムパネルラたちのあかりを流しに行つた川通りのはづれに大きな橋のやぐらが夜のそらにぼんやり立つてゐました。

ところがその十文字になつた町かどや店の前に女たちが七、八人位づつあつまつて橋の方を見ながら何かひそひそ話してゐるのです。それから橋の上にもいろいろなあかりがいつぱいなのでした。

ジヨバンニはなぜかさあつと胸が冷たくなつたやうに思ひました。そしていきなり近くの人たちへ、

「何かあつたんですか。」と叫ぶやうにききました。

「こどもが水へ落ちたんですよ。」一人が云ひますと、その人たちは一齊にジヨバンニの方を見ました。

ジヨバンニはまるで夢中で橋の方へ走りました。

橋の上は人でいつぱいで河が見えませんでした。

白い服を着た巡査も出てゐました。

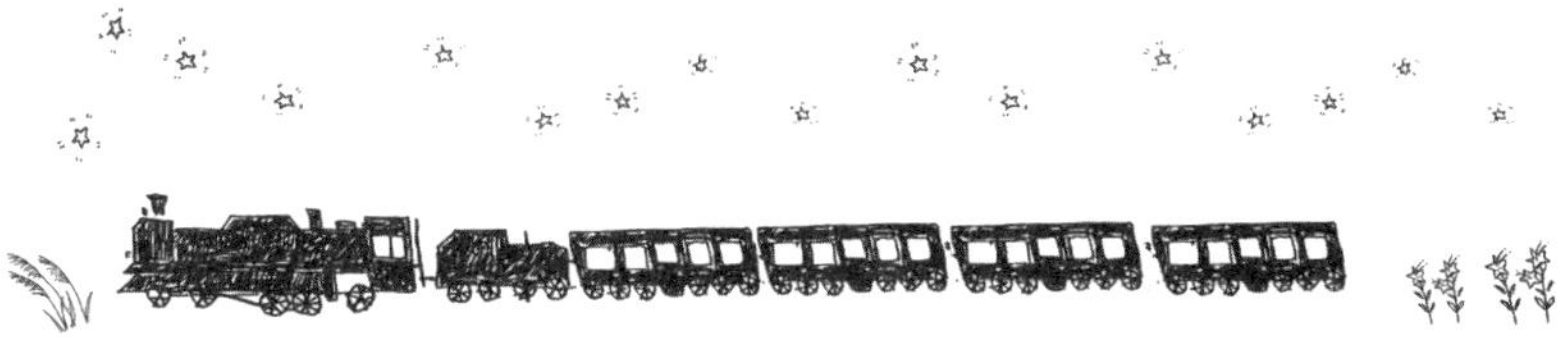

ジョバンニは橋の袂（たもと）から飛ぶやうに下の廣（ひろ）い河原へおりました。

その河原の水際に沿つてたくさんのあかりがせはしくのぼつたり下つたりしてゐました。向う岸の暗いどてにも灯が七つ八つうごいてゐました。そのまん中を、もう烏瓜のあかりもない川が、わづかに音を立てて灰いろに、しづかに流れてゐたのでした。

河原のいちばん下流の方へ、洲のやうになつて出たところに人の集りがくつきり、まつ黒に立つてゐました。

ジョバンニはどんどんそつちへ走りました。するとジョバンニはいきなりさつきカムパネルラといつしよだつたマルソに會（あ）ひました。マルソがジョバンニに走り寄つて云ひました。

「ジョバンニ、カムパネルラが川へはいつたよ。」

「どうして、いつ。」

「ザネリがね。舟の上から烏瓜のあかりを水の流れる方へ押してやらうとしたんだ。そのとき舟がゆれたもんだから水へ落つこちた。するとカムパネルラがすぐ飛びこんだんだ。そしてザネリを舟の方へ押してよこした。ザネリはカトウにつかまつた。けれどもあとカムパネルラが見えないんだ。」

「みんな探してるんだらう。」

「ああ、すぐみんな來た。カムパネルラのお父さんも來た。けれども見つからないんだ。ザネリはうちへ連れられてつた。」

　ジヨバンニはみんなの居るそつちの方へ行きました。學生たちや町の人たちに圍（かこ）まれて、青じろい尖つたあごをしたカムパネルラのお父さんが、黒い服を着てまつすぐに立つて、右手に時計を持つて、ぢつと見つめてゐたのです。

　みんなもぢつと河を見てゐました。誰も一言も物を云ふ人もありませんでした。ジヨバンニはわくわくわくわく足がふるへました。魚をとるときのアセチレンランプがたくさんせはしく行つたり來たりして、黒い川の水はちらちら小さな波をたてて流れてゐるのが見えるのでした。

　下流の方の川はば一ぱい銀河が巨きく寫（うつ）つて、まるで水のないそのままのそらのやうに見えました。

　ジヨバンニは、そのカムパネルラはもうあの銀河のはづれにしかゐないといふやうな氣がしてしかたなかつたのです。

　けれどもみんなはまだどこかの波の間から、

「ぼくずゐぶん泳いだぞ。」と云ひながらカムパネルラが出て來るか、或ひはカムパネルラがどこかの人の知らない洲にでも着いて立つてゐて、誰かの來るのを待つてゐるかといふやうな氣がして仕方ないらしいのでした。

　けれども俄（にわ）かにカムパネルラのお父さんがきつぱり云ひました。

「もう駄目です。墜ちてから四十五分たちましたから。」

　ジヨバンニは思はずかけよつて、博士の前に立ちました。するとジヨバンニが挨拶に

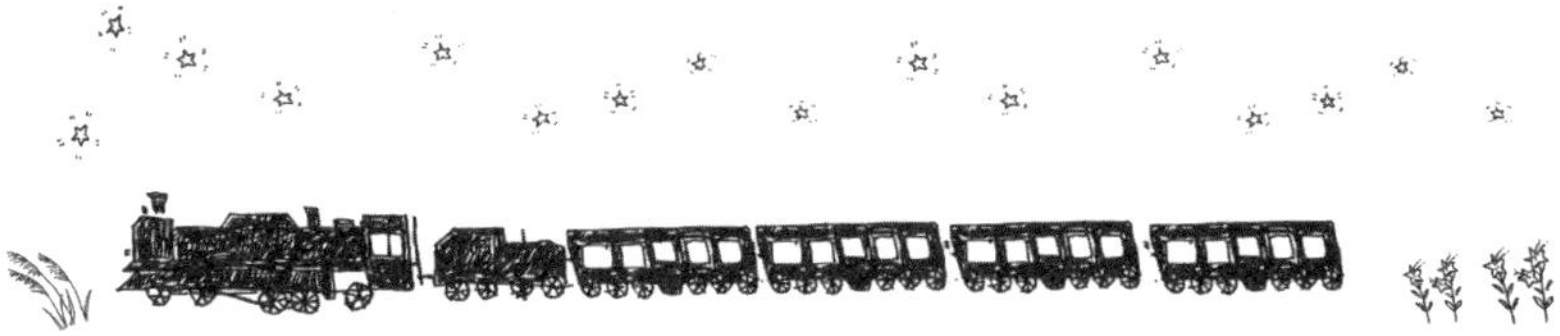

來たとでも思つたものですか、しばらくしげしげとジヨバンニを見てゐましたが、

「あなたはジヨバンニさんでしたね。どうも今晩はありがたう。」と叮（てい）ねいに云ひました。

　ジヨバンニは何も云へずにただおじぎをしました。

「あなたのお父さんはもう歸つてゐますか。」博士は堅く時計を握つたまま、また聞きました。

「いいえ。」ジヨバンニはかすかに頭をふりました。

「どうしたのかなあ、ぼくには一昨日大へん元氣な便りがあつたんだが。今日あたりもう着くころなんだが船が遲れたんだな。ジヨバンニさん。あした放課後みなさんとうちへ遊びに來てくださいね。」さう云ひながら博士はまた、川下の銀河のいつぱいにうつつた方へ、ぢつと眼を送りました。

　ジヨバンニはもういろいろなことで胸がいつぱいで、なんにも云へずに、博士の前をはなれました。

　けれどもまたその中にジヨバンニの目には涙が一杯になつて來ました。

　街燈や飾り窓や色々のあかりがぼんやりと夢のやうに見えるだけになつて、いつたいじぶんがどこを走つてゐるのか、どこへ行くのかすらわからなくなつて走り續けました。

　そしていつかひとりでにさつきの牧場のうしろを通つて、また丘の頂に來て天氣輪（てんきりん）の柱や天の川をうるんだ目でぼんやり見つめながら坐つてしまひました。

　汽車の音が遠くからきこえて來て、だんだん高くなりまた低くなつて行きました。

その音をきいてゐるうちに、汽車と同じ調子のセロのやうな聲でたれかが歌つてゐるやうな氣持ちがしてきました。

それはなつかしい星めぐりの歌を、くりかへしくりかへし歌つてゐるにちがひありませんでした。

ジヨバンニはそれにうつとりきき入つてをりました。

賢治さん、謝らなくてはなりません。賢治さんの『銀河鉄道の夜』の第四次稿で、この部分は、最後の部分に入っているのはよくわかっているのです。だから、ジョバンニも読み手もカンパネルラが川に入ったということも、亡くなっていたのだろうかということも、読んでいる間はずっと知らないのです。だとすると、読んでいるうちに、もしかしたら、何かの理由で死んでいるのかな？　と気がついていく物語なのでしょうか？

けれども、わたしにとって、それはなんだかとてもわかりにくいものでした。それどころか、ショックと悲しみで寝込んでしまったほどでした。あとで、わかってから、カンパネルラのお母さんへの思いは、だから、こうだったんだなあとか、この列車はそういう意味があったんだなあとかがわかって、また違う視点で、もう一度読み直したり、繰り返し読むことで大切なことに気がついていく物語なのですね。

賢治さん、物語の順序を入れ替えることをすごく迷いました。でも、やっぱりここに入れさせてください。

今書いているこの本は、みんなと一緒に賢治さんの思いを少しでも知りたくて、作業を重ねていきたいなあという思いで書いています。賢治さんとお話するみたいに書いていきたい。あとで振り返るわけにはいかないのです。なので、どうかどうか許してくださいね。

そういうことですので、物語のこの時点ではジョバンニは、まだカンパネルラが川へ入ってしまったことを知らないのだということを読んでくださっているみなさんにも今一度、お知らせしておきたいと思います。

そして、賢治さん、この本は未完成のままで、亡くなられたあと、本になったものなのですね。私は、賢治さんの『銀河鉄道の夜』を読んだときに、同じ言葉でも、あるときは漢字で、あるときはカタカナやひらがな表記になっていることに戸惑いました。これも、賢治さんの書かれた文章そのままで、未完成だからなのでしょうか？　それから、最初の方は目次というか、区切りごとに題名がついていたのに、それがなくなって、最後の章はうーんと長いものになっています。これでは、私の文章が挟めず、私の勝手な理由で、困っちゃうのです。

それで、後で出てくるはずのこの章をつながりを良くして、勝手に前に持ってきて、そして後の長い文章も区切らせていただいて、題名も勝手につけたのです。このこともどうか許してくださいね。


賢治さん、私は最初にここを読んだときに、あんまり小さかったので、死というものがわからなかったのかもしれません。だから、私はおそらくはカンパネルラが本当に亡くなったのだとは思いませんでした。それは今もどこかそうです。私にはまだ生きることと、死んでこの世界にいないことの違いが、よくわからなかったのかもしれません。

私はここ数年で大切な友人を何人も亡くしました。近いところで言えば、この本の表紙の絵の作者のとっちんが急に亡くなりました。一緒に作った映画を上映するためにアメリカにいるときに、亡くなったという報らせが来ました。そのわずか何時間か前に、「またこれからこういうことをしていこうね。ワクワクするね。すぐにデーターを送ってね」とそんなふうに、電話やラインで話をしていたところだったのです。まさにそのあとすぐに、友人からとっちんが亡くなったよと知らせがありました。岩坂さんとメールには苗字で書いてあったので、それがまさかとっちんだとは思いもしませんでした。それくらい信じられないことだったのです。

賢治さん、とっちんとは一緒に映画を作ったのです。『しあわせの森』という映画でした。その頃からとっちんと十日と会わないことはなかったのです。それくらい身近な大切な友人でした。

賢治さん、賢治さんが大好きで大切な妹のトシさんが亡くなられたときの悲しみは、詩を読ませていただくだけで胸に響いてきます。

私もやっぱり悲しくて泣けました。夜に起き上がって、いやー、いやーと叫んで泣いたりもしました。そして、お通夜にもお葬式にも行ったのです。でも不思議なことに、どうしても亡くなったとは思えずに、それから一瞬も、一緒にいないと感じることがないのです。

賢治さんはどう思われますか?

それは、やっぱりみんなでひとつのいのちを生きているからという感覚なのでしょうか? まだよくわからないのです。

いろいろな箇所で、『星めぐり』という言葉が出てきます。あるいは「星めぐりを口笛で吹く」というのが出てきます。星めぐりは、賢治さんが作られた『星めぐりの歌』のことなのでしょうか?

星めぐりの歌

宮澤賢治

あかいめだまの　さそり
ひろげた鷲の　つばさ
あをいめだまの　小いぬ、
ひかりのへびの　とぐろ。
オリオンは高く　うたひ
つゆとしもとを　おとす、

アンドロメダの　くもは
さかなのくちの　かたち。
大ぐまのあしを　きたに

五つのばした　ところ。
小熊のひたいの　うへは
そらのめぐりの　めあて。

花巻にある宮沢賢治記念館に行きました。すごく嬉しかったです。あゝようやく来れたとそう思いました。そのときにかかっていた曲は『星めぐりの歌』でした。

いつもお世話になってる小林さんが突然「宮沢賢治みたいに歌はつくれないですか?」と私に言われました。

賢治さんみたいな歌はもちろん作れるはずはないのです。でも、そのときに浮かんだメロディーがありました。それが『満天の星』という歌になりました。

満天の星

満天の星　空を巡り
はくちょう座の十字を　目で追って
僕たち　宇宙に　浮かんでると
あなたはぽつりと　つぶやく

あなたとわたし　どうしてここに
いっしょに　いられるのだろう
銀河の流れ　指でたどり
宇宙のひとつでいよう
空にかかる　億万の星
海で光る　億万の砂
億万の花　億万の思い
そしてつながる命
あなたとわたし　どうしてここに
いっしょにいられるのだろう
時の流れのその中で
宇宙のひとつでいよう

宇宙のひとつでいよう

賢治さん、この歌詞にもたくさんのエピソードがあるんです。

何かの理由で、学校になかなか通えないお子さんが通う学校に勤めていたときのことでした。

昼間に、切ったメロンのような三日月が見えました。私が太陽はどこにあると思う？　と子どもたちに尋ねました。子どもたちはあちこち指を差していたけれど、答えはそこにはありませんでした。

「メロンの形ということは、地面の下、地球の下に太陽があって、月を照らしているんだね」と私が言うと、一人の女の子がポロポロと涙をこぼしたのです。

「私たちも宇宙の中にいるんだね。私も生きていていいんだね」とそう言ったのです。

学校に通えないために、両親に心配をかけていると感じていたりして、何か自信をなくしていたのでしょうか？

宇宙に浮かんでいるように感じた女の子の気持ちが、ずっと心に残りました。

もうひとつは、幼い頃、海の家に泊まったときのことです。満天の星が見えて、あまりの星の多さに驚きました。そして、きっと砂浜の砂の数も、命の数もみんなおんなじなんだとなぜか思ったのです。そして私たちは、数が同じでないとしても、きっと、すべてのものと一対一で向き合いながら生きているとそう思えてうれしかったのです。

六　天氣輪の柱

牧場のうしろはゆるい丘になつて、その黒い平らな頂上は、北の大熊星の下に、ぼんやりふだんよりも低く連つて見えました。

ジヨバンニは、もう露の降りかかつた小さな林のこみちをどんどんのぼつて行きました。まつくらな草や、いろいろな形に見えるやぶのしげみの間を、その小さなみちが、一すじ白く星あかりに照らしだされてあつたのです。草の中には、ぴかぴか青びかりを出す小さな蟲もゐて、ある葉は青くすかし出され、ジヨバンニは、さつきみんなの持つて行つた烏瓜のあかりのやうだとも思ひました。

そのまつ黒な、松や楢（なら）の林を越えると、俄かにがらんと空がひらけて、天の川がしらじらと南から北へ亙（わた）つてゐるのが見え、また頂の、天氣輪の柱も見わけられたのでした。つりがねさうか野ぎくかの花が、そこらいちめんに、夢の中からでも薫りだしたといふやうに咲き、鳥が一疋、丘の上を鳴き續けながら通つて行きました。

ジヨバンニは、頂の天氣輪の柱の下に來て、どかどかするからだを、つめたい草に投げました。

町の灯は、暗の中をまるで海の底のお宮のけしきのやうにともり、子供らの歌ふ聲や口笛、きれぎれの叫び聲もかすかに聞えて來るのでした。風が遠くで鳴り、丘の草もしづかにそよぎ、

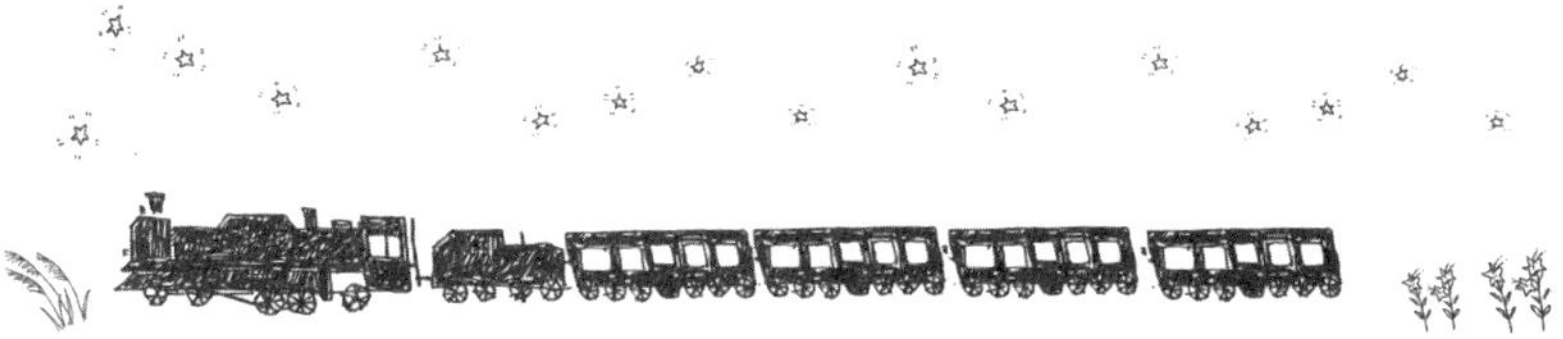

ジョバンニの汗でぬれたシャツもつめたく冷やされました。

　ジョバンニはぢつと天の川を見ながら考へました。

(ぼくはもう、遠くへ行つてしまひたい。みんなからはなれて、どこまでもどこまでも行つてしまひたい。それでももしもカムパネルラが、ぼくといつしよに來てくれたら、そして二人で、野原やさまざまの家をスケツチしながら、どこまでもどこまでも行くのなら、どんなにいいだらう。カムパネルラは決してぼくを怒つてゐないのだ。そしてぼくは、どんなに友だちがほしいだらう。ぼくはもう、カムパネルラが、ほんたうにぼくの友だちになつて、決してうそをつかないなら、ぼくは命でもやつてもいい。けれどもさう云はうと思つても、いまはぼくはそれをカムパネルラに云へなくなつてしまつた。一緒に遊ぶひまだつてないんだ。ぼくはもう、空の遠くの遠くの方へ、たつた一人で飛んで行つてしまひたい。)

　ジョバンニは町のはづれから遠く黒くひろがつた野原を見わたしました。そこから汽車の音が聞えてきました。その小さな列車の窓は一列小さく赤く見え、その中にはたくさんの旅人が、苹果(りんご)を剥いたり、わらつたり、いろいろな風にしてゐると考へますと、ジョバンニは、もう何とも云へずかなしくなつて、また眼をそらにあげました。

……(この間原稿幾枚分なし)……

　ところがいくら見ていても、そのそらは、ひる先生の言ったような、がらんとした冷めたいとこだとは思われませんでした。それどころでなく、見れば見るほど、そこは小さな林や牧場

やらある野原のように考えられてしかたなかったのです。そしてジョバンニは青い琴の星が、三つにも四つにもなって、ちらちらまたたき、脚が何べんも出たり引っ込こんだりして、とうとう蕈（きのこ）のように長く延のびるのを見ました。またすぐ眼の下のまちまでが、やっぱりぼんやりしたたくさんの星の集あつまりか一つの大きなけむりかのように見えるように思いました。

賢治さん、文中にある「原稿幾枚分なし」という文章にびっくりしました。一般の本にはそんなことはありえないことですもの。

これはひとつには、賢治さんが生きておられる間に、この本が出版されたものではないということがあるのでしょうか。

賢治さん、賢治さんは生きておられる間に、自費出版で『春と修羅』と『注文の多い料理店』の二冊の本をだされたのですね。でも、『銀河鉄道の父』の映画の中にもあったけれど、それもあまり評価を得ることができなかったのですね。

そして、亡くなる前に、弟さんの清六さんに、原稿を渡されたということでしたね。こんなにもたくさんの方が賢治さんを知ることになろうとは、きっと生きているときには思われなかったでしょうね。

賢治さん、私は何かを考えるときに、癖のように、どうしてもサムシング・グレートのことを思ってしまうのです。

昔、お寺のお坊さんの集まりでお話をさせていただくことがありました。

主催者の方が「今日は、有名なえらいお坊さんがいらっしゃって、二時間ほど山元さんと二人ですごすことになるから、どんなことでもお尋ねなさい」と言ってくれました。

私ときたら、わからないことだらけなので、こんなこと聞いたら笑われちゃうかなと思いながら、ずっとわからなかったことを尋ねました。

「さっき、お坊さんが、『親鸞聖人が悟られた』と言われたけど、『悟る』ってどういうことでしょうか？」「南無阿弥陀仏ってどういう意味でしょうか？」……

もしかしたら、こんなことは、どなたでも知っていることかもしれないのに、私は何も知らなくて、でも、お坊さんは、そんな私を笑ったりもしないで、穏やかにていねいに教えてくださったのです。

「どういうことを『悟られた』のかというと、どんなこともなるようになっているということです。偶然というものはなく、いつも起きるべくして起き、出会うべくして出会うということです」とおっしゃいました。それから「南無阿弥陀仏とは、人がむなしく生きなくてすむように、まわりにモノやコトや人があらわれて出会うことができるということです。つまり、まわりにあるモノもコトも人もみんなその人に必要だから、そこにあるということです」

「じゃあ、よくお年寄りが『おかげさまで』っておっしゃるのは、そういうことですか？」

お坊さんは「そうです。辛くて、悲しいと思うことすらそうです」と教えてくださいました。

わたしは、悟りとか南無阿弥陀仏って、もっともっとむずかしいことなのかなと思っていたのです。心にすとんとおりて、うれしくなりました。

そしてね、賢治さん、私はお坊さんに、「昔の人は、どうしてそんな大切なことに気が付けたのですか？」と尋ねたのです。そうしたら、お坊さんはまた優しくほほえまれて「それは、本当のことだからです」っておっしゃったのです。「本当のことだから、本当のことだから」その言葉が私にはとても嬉しく、何度も何度も口の中でつぶやきました。私はその日のことを忘れることはありません。

ところで今、たくさんの人が賢治さんの存在や作品に影響されています。

村上先生は「死んでも終わりではない」とおっしゃいました。もしかしたら、サムシング・グレートにとっては、生きている間だろうが、亡くなってからだろうが、それは重要なことではないのでしょうか。賢治さんがこの世に生まれて、この物語を残し、賢治さんの人生を含めて、私たちが接することができることが、「南無阿弥陀仏」であり、サムシング・グレートが私たちに用意してくださったモノやコトや人ということなのでしょうか？

ところで、私はその無くなった幾枚分のことについてよく考えます。賢治さん、この幾枚分はどうしてないのでしょう。ここはすごく大切な部分です。

これは銀河鉄道に乗る直前のお話です。ジョバンニはこのとき、カンパネルラが亡くなったことや、お父さんが帰って来るだろうことを知らないで、もう逃げ出したくて仕方がなかったときなのですね。最初は逃げ出したいけれど、列車に乗れないことで、悲しい気持ちになっていたのに、どうして銀河鉄道に乗れることになったのかが書かれているはずだからです。

賢治さん、一度書いたけれど気に入らなくて裂いてしまったのですか？　それとも、最初から、ここは後で書こうと思って、書かずに白紙になっていたのでしょうか？　それとも、もっと違う理由があったのでしょうか？

私も本を書くときに、ここにはこれを書きたいけれど、いい文章が思い浮かばないし、続く部分が心に溢れてきて、ここはあとでよく考えて、感じて書くことにしようと思って、少しあけておくということがあります。私はワードで書いているから、ここは空いているよということがわかるように数行空けるだけで、後で簡単に付け加えることができるけれど、賢治さんの時代は手書きだから、そんなに簡単ではないですよね。何枚分くらいかなあと見当をつけてあけておいたのかなあなんて、本当のことはわからないけれど、そんな想像をすることはとても楽しいです。

七　銀河ステーション

　そしてジョバンニはすぐうしろの天氣輪の柱がいつかぼんやりした三角標の形になつて、しばらく螢のやうに、ぺかぺか消えたりともつたりしてゐるのを見ました。それはだんだんはつきりして、とうとうりんとうごかないやうになり、濃い鋼青（こうせい）のそらにたちました。いま新らしく灼いたばかりの青い鋼（はがね）の板のやうな、そらの野原に、まつすぐにすきつと立つたのです。

　するとどこかでふしぎな聲が、銀河ステーション、銀河ステーションと云つたかと思ふと、いきなり眼の前が、ぱつと明るくなつて億萬（おくまん）の螢烏賊（ほたるいか）の火を一ぺんに化石させて、そら中に沈めたといふ工合。またダイアモンド會社で、ねだんがやすくならないために、わざと穫れないふりをしてかくしておいた金剛石（ダイヤモンド）を、誰かがいきなりひつくりかへしてばら撒いたといふ風に、眼の前がさあつと明るくなつて、ジョバンニは思はず何べんも眼を擦つてしまひました。

　氣がついてみると、さつきから、ごとごとごとごと、ジョバンニの乗つてゐる小さな列車が走りつづけてゐたのでした。ほんたうにジョバンニは、夜の輕便鐵道（けいべんてつどう）の、小さな黄いろの電燈のならんだ車室に、窓から外を見ながら坐つてゐたのです。車室の中は、

青い天鵞絨（ビロード）を張つた腰掛けが、まるでがらあきで、向うの鼠いろのワニスを塗つた壁には、眞鍮（しんちゅう）の大きなぼたんが二つ光つてゐるのでした。

すぐ前の席に、ぬれたやうにまつ黒な上着を着たせいの高い子供が、窓から頭を出して外を見てゐるのに氣が付きました。そしてそのこどもの肩のあたりが、どうも見たことのあるやうな氣がして、さう思ふと、もうどうしても誰だかわかりたくつてたまらなくなりました。

いきなりこつちも窓から顔を出さうとしたとき、俄かにその子供が頭を引つ込めて、こつちを見ました。

それはカムパネルラだつたのです。ジヨバンニが、

「カムパネルラ、きみは前からここに居たの。」と云はうと思つたとき、カムパネルラが、

「みんなはね、ずゐぶん走つたけれども遲れてしまつたよ。ザネリもね、ずゐぶん走つたけれども追ひつかなかつた。」と云ひました。

ジヨバンニは（さうだ、ぼくたちはいま、いつしよにさそつて出掛けたのだ。）とおもひながら、

「どこかで待つてゐようか。」と云ひました。

するとカムパネルラは

「ザネリはもう歸つたよ。お父さんが迎ひにきたんだ。」

カムパネルラは、なぜかさう云ひながら、少し顔いろが青ざめて、どこか苦しいといふふうでした。するとジヨバンニも、なんだかどこかに、何か忘れたものがあるといふやうな、をか

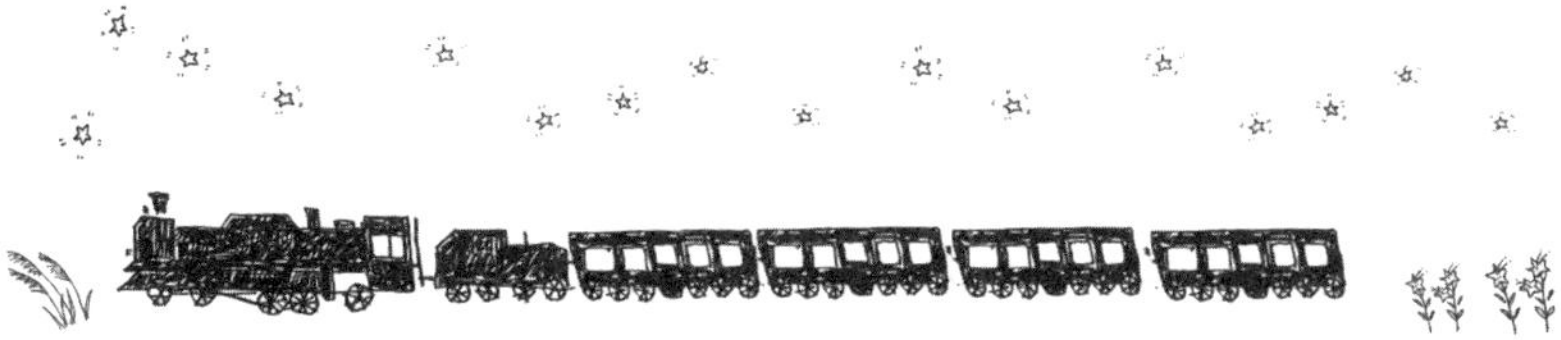

しな氣持ちがしてだまつてしまひました。

　ところがカムパネルラは、窓から外をのぞきながら、もうすつかり元氣が直つて、勢よく云ひました。

「ああしまつた。ぼく、水筒を忘れてきた。スケツチ帳も忘れてきた。けれど構（かま）はない。もうぢき白鳥の停車場だから。ぼく白鳥を見るなら、ほんたうにすきだ。川の遠くを飛んでゐたつて、ぼくはきつと見える。」

　そして、カムパネルラは、圓（かこ）い板のやうになつた地圖（ちず）を、しきりにぐるぐるまはして見てゐました。

　まつたく、その中に、白くあらはされた天の川の左の岸に沿つて一條（ひとすじ）の鐵道線路が、南へ南へとたどつて行くのでした。

　そしてその地圖の立派なことは、夜のやうにまつ黒な盤の上に、一々の停車場の三角標、泉水や森が、青や橙や緑や、うつくしい光でちりばめられてありました。

　ジヨバンニはなんだかその地圖をどこかで見たやうにおもひました。

「この地圖はどこで買つたの。黒曜石でできてるねえ。」ジヨバンニが云ひました。

「銀河ステーシヨンで、もらつたんだ。君もらはなかつたの。」

「ああ、ぼく銀河ステーシヨンを通つたらうか。いまぼくたちの居るとこ、ここだらう。」

　ジヨバンニは、白鳥と書いてある停車場のしるしの、すぐ北を指しました。

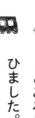

「さうだ。おや、あの河原は月夜だらうか。」

　そつちを見ますと、青白く光る銀河の岸に、銀いろの空のすすきが、もうまるでいちめん、風にさらさらさらさら、ゆられてうごいて、波を立てているのでした。

「月夜でないよ。銀河だから光るんだよ。」ジヨバンニは云ひながら、まるではね上りたいくらゐ愉快になつて、足をこつこつ鳴らし、窓から顔を出して、高く高く星めぐりの口笛を吹きながら、一生けん命延びあがつて、その天の川の水を、見きはめようとしましたが、はじめはどうしてもそれがはつきりしませんでした。

　けれどもだんだん氣をつけて見ると、そのきれいな水は、ガラスよりも水素よりもすきとほつて、ときどき眼の加減か、ちらちら紫いろのこまかな波をたてたり、虹のやうにぎらつと光つたりしながら、聲もなくどんどん流れて行き、野原にはあつちにもこつちにも、燐光の三角標が、うつくしく立つてゐたのです。遠いものは小さく、近いものは大きく、遠いものは橙や黄いろではつきりし、近いものは青白く少しかすんで、或ひは三角形、或ひは四邊（へん）形、あるひは雷や鎖の形、さまざまにならんで、野原いつぱい光つてゐるのでした。ジヨバンニは、まるでどきどきして、頭をやけに振りました。するとほんたうに、そのきれいな野原中の青や橙や、いろいろかがやく三角標も、てんでに息をつくようにちらちらゆれたり顫（ふる）へたりしました。

「ぼくはもう、すつかり天の野原に來た。」

　ジョバンニは云ひました。

「それに、この汽車石炭をたいてゐないねえ。」

　ジョバンニが左手をつき出して窓から前の方を見ながら云ひました。

「アルコールか電氣だらう。」カムパネルラが云ひました。

　するとちやうど、それに返事をするやうに、どこか遠くの遠くのもやの中から、セロのやうなごうごうした聲がきこえて來ました。

「ここの汽車は、ステイームや電氣でうごいてゐない。ただうごくやうにきまつてゐるからうごいてゐるのだ。ごとごと音をたててゐると、さうおまへたちは思つてゐるけれども、それはいままで音をたてる汽車にばかりなれてゐるためなのだ。」

「あの聲、ぼくなんべんもどこかできいた。」

「ぼくだつて、林の中や川で、何べんも聞いた。」

　ごとごとごとごと、その小さなきれいな汽車は、そらのすすきの風にひるがへる中を、天の川の水や、三角標の青じろい微光の中を、どこまでもどこまでも走つて行くのでした。

「あありんだうの花が咲いてゐる。もうすつかり秋だねえ。」カムパネルラが窓の外を指さして云ひました。

　線路のへりになつたみじかい芝草の中に、月長石ででも刻まれたやうな、すばらしい紫のりんだうの花が咲いてゐました。

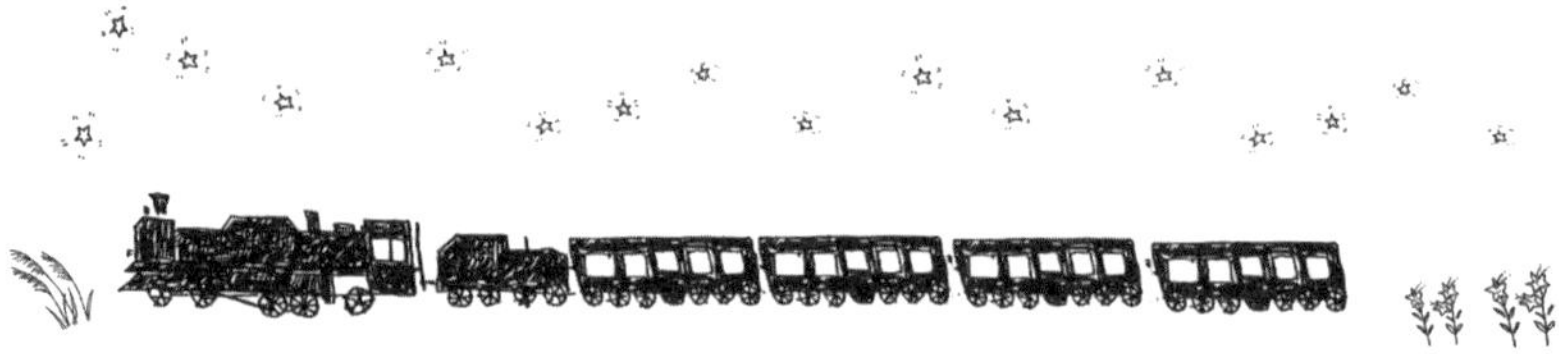

「ぼく、飛び下りて、あいつをとつて、また飛び乗つてみせようか。」ジョバンニは胸を躍らせて云ひました。

「もうだめだ。あんなにうしろへ行つてしまつたから。」

　カムパネルラが、さう云つてしまふかしまはないうちに次のりんだうの花がいつぱいに光つて過ぎて行きました。

　と思つたら、もう次から次から、たくさんのきいろな底をもつたりんだうの花のコツプが、湧くやうに、雨のやうに、眼の前を通り、三角標の列は、けむるやうに燃えるやうに、いよいよ光つて立つたのです。

なんてなんて美しい場所でしょうか？　美しくて美しくて読むたびにため息が出るようです。ススキの記述もりんどうも、燐光の三角標もなにもかもが美しく、美しい理由は銀河の中を走っているからなのですね。

ところで、賢治さん、私は賢治さんにどうしても聞いてみたいことがあります。

……＊……

「それに、この汽車石炭をたいてゐないねえ。」

ジョバンニが左手をつき出して窓から前の方を見ながら云ひました。

「アルコールか電氣だらう。」カムパネルラが云ひました。

するとちやうど、それに返事をするやうに、どこか遠くの遠くのもやの中から、セロのやうなごうごうした聲がきこえて來ました。

「ここの汽車は、スティームや電氣でうごいてゐない。ただうごくやうにきまつてゐるからうごいてゐるのだ。ごとごと音をたててゐると、さうおまへたちは思つてゐるけれども、それはいままで音をたてる汽車にばかりなれてゐるためなのだ。」

「あの聲、ぼく何べんもどこかできいた。」

「ぼくだつて、林の中や川で、何べんも聞いた。」

……＊……

という部分のことです。

これはいったい何を書こうとされていたのですか？

「石炭でもアルコールでも電気でうごいているわけでなくて、ただうごくようにきまってうごいている」

いつも賢治さんの思いを知りたくなって立ち止まる場所なのです。


ねえ、賢治さん、私の話を聞いてくださいますか？

私は、いつもこの宇宙には約束事があるのだと感じてきました。そして、その約束事の大切なことの一つは、この宇宙で私たちはいつも愛されて守られているということだと、そんなふうに感じてきたのです。

小さい頃から自然が好きでした。春になったら、植物はどこかで春が来たとわかって、一斉に芽吹き、花を咲かせます。秋になれば決まって、実が実って、葉っぱが落ちたりします。そのおかげで、植物は寒い冬を生き抜いて、新しい命を得るのです。考えれば不思議ですごいことですね。

私は、毎年カエルがたくさんの卵を産んでも、地球上カエルだらけにならないことはなんと不思議なことだろうと思っていました。

あるとき、山火事を見ました。一面焼け野原になったけれど、年月が経つうちに、いつか芽吹きがあって、元のように木がおいしげるのも不思議でした。あゝ、すべてがだいじょうぶにできているのだなあと私は思いました。それは何か大きな力にいつも愛されて守られて生きているとも思えたし、またそんなふうに作られているのだとも感じていました。

そして、私はやがて、人と人との出会いや起きることとさえも、そうだと思えてならなくなったのです。

賢治さんはよく、山歩きをされました。野原や畑でもよく過ごされました。賢治さんは自然を見て、そんなことを思われることはあったでしょうか？

そして、賢治さんは深く日蓮宗を信仰されましたね。だから、みんな仏様のおかげだと思われたでしょうか？　仏様の掌（てのひら）の上で、全てが生きていると感じておられたのでしょうか？

賢治さん、そんなふうなものの見方をしてみると、石炭やアルコールではなく、「うごくようにきまってうごいている」というのは、仏様の掌の上、あるいは大きな宇宙というか、村上和雄先生がおっしゃる何か不思議なもの、サムシング・グレートの愛の中で物事は進んでいくんだと考えられたのでしょうか？

賢治さん、私は考えだすと止まらない癖があるようです。

講演会などで、よく「すべてのことは運命なのか、自由意志で決まっていくのか、どう思われますか？」と尋ねられることがあります。

私は「すべては起きるべくして起きる（すべては運命だ）と思っているけれど、すべてのことは自分の意思で決めていると思います」と答えます。みなさんは「運命」と「自分で決める」は、反対の意味でしょう？　っておっしゃったりします。でも私の思いはそうではないのです。サムシング・グレートは、大きな愛を持って、一人ひとりにとっても、全体にとっても、一番いいようにと考えられて宇宙を設計してくれていると私は思います。

そして、その方向へ進むように、一人ひとりの人を信じてくれて、その人の前にこんなモノやコトや人との出会いを用意すれば、こう決断するだろうと考えて、たとえ間違った決断をしても何度も、私たちの前にいろいろな出会いを用意して、みんながしあわせになるように、サムシング・グレートが守ってくれているのじゃないかと思うのです。

村上先生とそんなお話をしたときに、先生は「それはホルモンだなあ」とおっしゃいました。体の中でも同じことが起きていて、体全体が回復する方向に向かうように、ホルモンが出て、細胞がその働きをしようとするそうですが、中には思ったように働いてくれないものもいるそうです。そうしたら、何度だって体は、ホルモンをまた細胞に与えるのだそうです。サムシング・グレートの働きと言っていいのでしょうね。

そして、そんな存在が体のホルモンのように、私たちの心にまさに声のようにして、語りかけてくれることがあるのかもしれないなあと思うのです。

自分のことを書くのはどうかとも思いますが、私が『銀河鉄道の夜』を読みながら感じたことなのでゆるしてくださいね。

賢治さん、私は『魔女・モナの物語』や『リト』という本の中で、ガシューダという名前で、その存在を書きました。

私は長い間、サムシング・グレートのような存在のことを、普通の文章というかエッセイのようなものの中に書くことにためらいがありました。だから、ひっそりとファンタジーの中で書いたのです。でも、本当のことを言えば、わたしたちはいつも愛されて守られている存在だと、どこにでも書きたかったのです。

ねえ、賢治さん、実は『銀河鉄道の夜』は第四次稿まであるのですね。そして、第三次稿と第四次稿には、ブルカニロ博士の出てくる場所に大きな違いがあるそうですね。

賢治さん、第三次稿でブルカニロ博士は

「おまへがほんたうに勉強して實驗（じっけん）でちやんとほんたうの考えとうその考えを分けてしまえばその實驗の方法さえきまればもう信仰も化學と同じやうになる」

と言っていますね。

賢治さんは、科学と宗教は矛盾しないよと言いたかったのでしょうか。賢治さんが信仰していた日蓮宗が伝えていることと、科学は突きつめればおんなじだよと言いたかったのでしょうか。

でもその時代、それにはずいぶんと批判があったようですね。それで、空白の幾枚分を書くときにためらわれたのかなあと考えたりもします。

賢治さん、村上先生はサムシング・グレートは信じようと信じまいと、確かにあるものだとおっしゃいました。その存在を感じて、感謝して生きることが大切だと何度も教えてくださいました。それを心にいつも思って生きていきたいなあと思います。

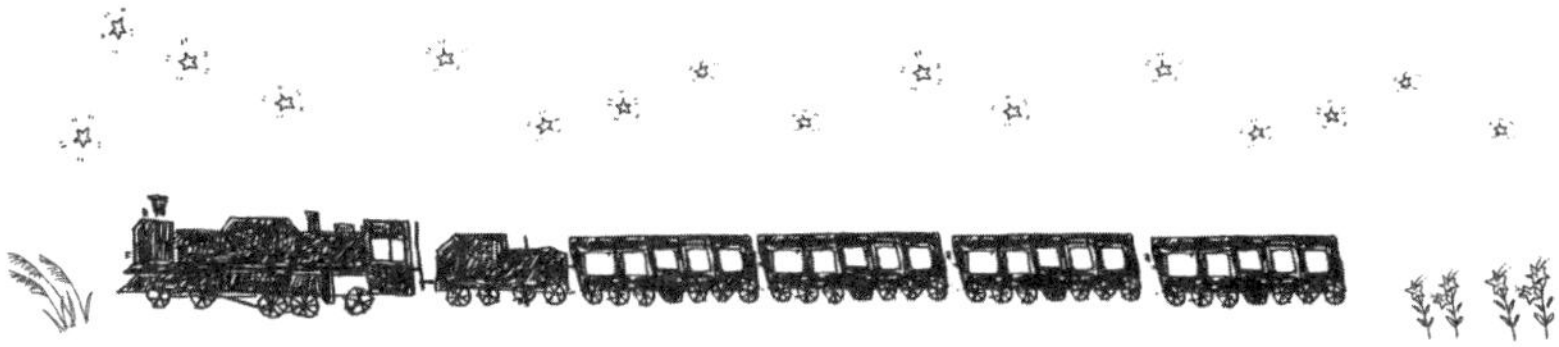

八　北十字とプリオシン海岸

「おつかさんは、ぼくをゆるして下さるだらうか。」

いきなり、カムパネルラが、思ひ切つたといふやうに、少しどもりながら、急（せ）きこんで云ひました。

ジヨバンニは、

（ああ、そうだ、ぼくのおつかさんは、あの遠い、一つのちりのやうに見える橙いろの三角標のあたりにいらつしやつて、いまぼくのことを考へてゐるんだつた。）と思ひながらぼんやりして、だまつてゐました。

「ぼくはおつかさんが、ほんたうに幸ひになるなら、どんなことでもする。けれどもいつたいどんなことが、おつかさんのいちばんの幸ひなんだらう。」

カムパネルラは、なんだか泣きだしたいのを、一生けん命こらへてゐるやうでした。

「きみのおつかさんは、なんにもひどいことないぢやないの。」ジヨバンニはびつくりして叫びました。

「ぼくわからない。けれども、誰だつて、ほんたうにいいことをしたら、いちばん幸ひなんだね。だから、おつかさんは、ぼくをゆるして下さると思ふ。」

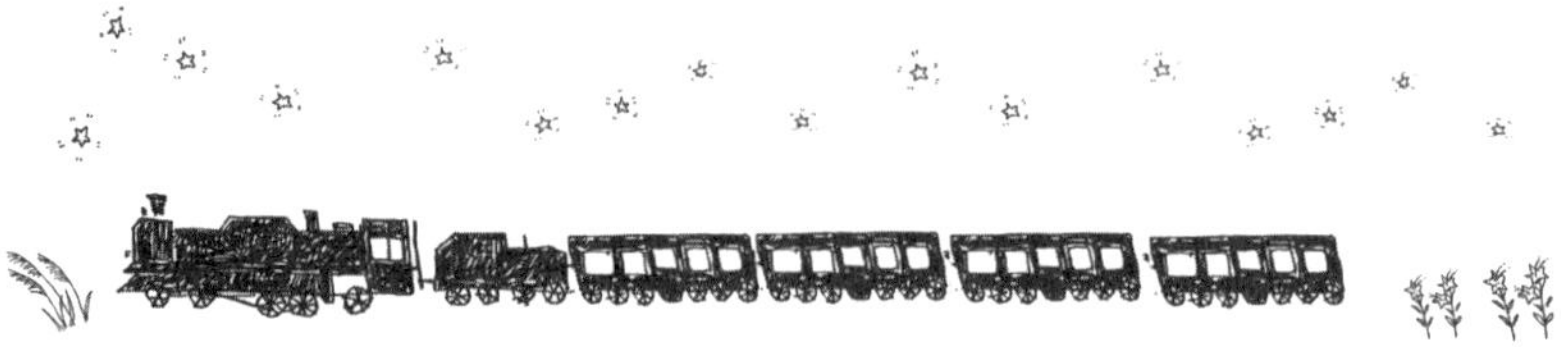

カムパネルラは、なにかほんたうに決心してゐるやうに見えました。

俄かに、車のなかが、ぱつと白く明るくなりました。見ると、もうじつに、金剛石や草の露やあらゆる立派さをあつめたやうな、きらびやかな銀河の河床の上を、水は聲もなくかたちもなく流れ、その流れのまん中に、ぼうつと青白く後光の射した一つの島が見えるのでした。その島の平らないただきに、立派な眼もさめるやうな、白い十字架がたつて、それはもう、凍つた北極の雲で鑄（い）たといつたらいいか、すきつとした金いろの圓光をいただいて、しづかに永久に立つてゐるのでした。

「ハルレヤ、ハルレヤ。」前からもうしろからも聲が起りました。ふりかへつて見ると、車室の中の旅人たちは、みなまつすぐにきもののひだを垂れ、黒いバイブルを胸にあてたり、水晶の數珠（じゆず）をかけたり、どの人もつつましく指を組み合せて、そつちに祈つてゐるのでした。

思はず二人もまつすぐに立ちあがりました。カムパネルラの頬は、まるで熟した苹果のあかしのやうにうつくしくかがやいて見えました。

そして島と十字架とは、だんだんうしろの方へうつつて行きました。

向う岸も、青じろくぽうつと光つてけむり、時々、やつぱりすすきが風にひるがへるらしく、さつとその銀いろがけむつて、息でもかけたやうに見え、また、たくさんのりんだうの花が、草をかくれたり出たりするのは、やさしい狐火のやうに思はれました。

それもほんのちよつとの間、川と汽車との間は、すすきの列でさへぎられ、白鳥の島は、二

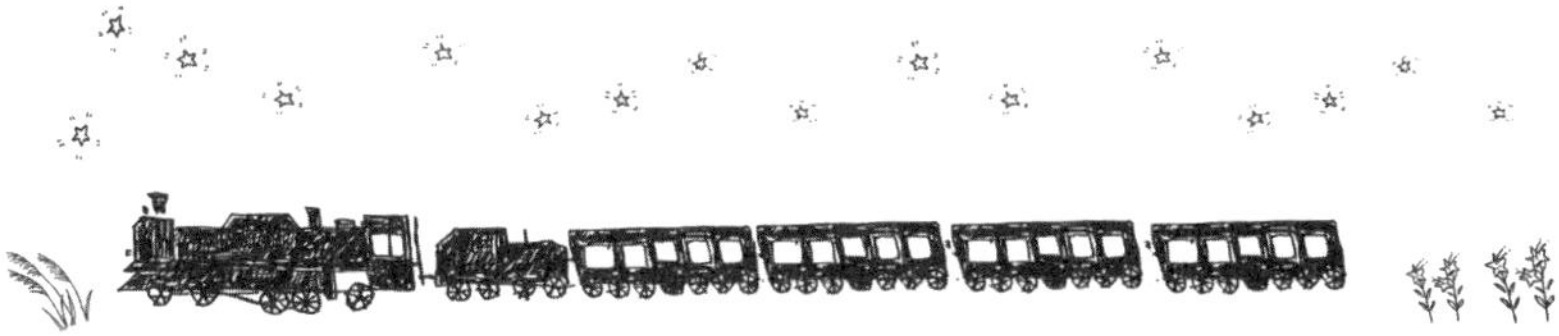

度ばかりうしろの方に見えましたが、ぢきもうずうつと遠く小さく繪（え）のやうになつてしまひ、またすすきがざわざわ鳴つて、とうとうすつかり見えなくなつてしまひました。ジヨバンニのうしろには、いつから乘つてゐたのか、せいの高い、黒いかつぎをしたカトリツク風の尼さんが、まん圓（まる）な緑の瞳を、ぢつとまつすぐに落して、まだ何かことばか聲かが、そつちから傳（つた）はつて來るのを愼（つつ）しんで聞いてゐるといふやうに見えました。旅人たちはしづかに席に戻り、二人も胸いつぱいのかなしみに似た新らしい氣持ちを、何氣なくちがつた言葉で、そつと話し合つたのです。

「もうぢき白鳥の停車場だねえ。」「ああ、十一時かつきりには着くんだよ。」

　早くも、シグナルの緑の燈と、ぼんやり白い柱とが、ちらつと窓のそとを過ぎ、それから硫黄のほのほのやうなくらいぼんやりした轉轍機（てんてつき）の前のあかりが窓の下を通り、汽車はだんだんゆるやかになつて、間もなくプラツトホームの一列の電燈が、うつくしく規則正しくあらはれ、それがだんだん大きくなつてひろがつて、二人は丁度白鳥停車場の、大きな時計の前に來てとまりました。

　さわやかな秋の時計の盤面には、青く灼かれたはがねの二本の針が、くつきり十一時を指しました。みんなは、一ぺんに下りて、車室の中はがらんとなつてしまひました。

　〔二十分停車〕と時計の下に書いてありました。

「ぼくたちも降りて見ようか。」ジヨバンニが云ひました。

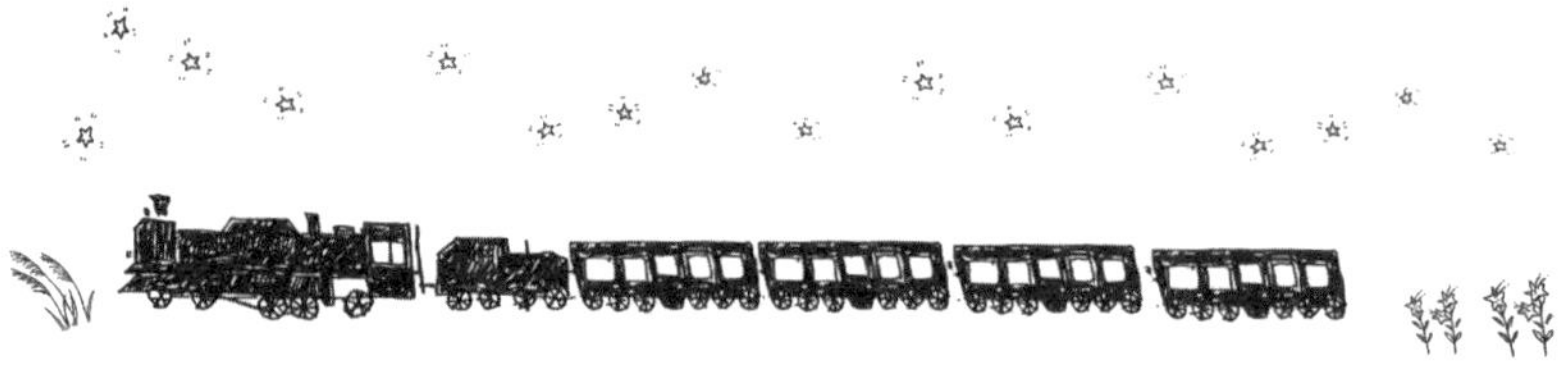

「降りよう。」二人は一度にはねあがつてドアを飛び出して改札口へかけて行きました。ところが改札口には、明るい紫がかつた電燈が一つ點（つ）いてゐるばかり、誰も居ませんでした。そこら中を見ても、驛長や赤帽らしい人の影もなかつたのです。

　二人は、停車場の前の、水晶細工のやうに見える銀杏の木に圍（かこ）まれた小さな廣場に出ました。そこから幅の廣いみちが、まつすぐに銀河の青光（あおびかり）の中へ通つてゐました。さきに降りた人たちは、もうどこへ行つたか一人も見えませんでした。二人がその白い道を、肩をならべて行きますと、二人の影は、ちやうど四方に窓のある室の中の、二本の柱の影のやうに、また二つの車輪の幅のやうに幾本も幾本も四方へ出るのでした。そして間もなく、あの汽車から見えたきれいな河原に來ました。

　カムパネルラは、そのきれいな砂を一つまみ、掌にひろげ、指できしきしさせながら、夢のやうに云つてゐるのでした。

「この砂はみんな水晶だ。中で小さな火が燃えてゐる。」「さうだ。」どこでぼくは、そんなこと習つたらうと思ひながら、ジヨバンニもぼんやり答へてゐました。

　河原の礫（つぶて）は、みんなすきとほつて、たしかに水晶や黄玉や、またくしやくしやの皺曲（しゅうきょく）をあらはしたのや、また稜（かど）から霧のやうな青白い光を出す鋼玉やらでした。ジヨバンニは、走つてその渚に行つて、水に手をひたしました。けれどもあやしいその銀河の水は、水素よりももつとすきとほつてゐたのです。それでもたしかに流れてゐた

ことは、二人の手首の、水にひたしたところが、少し水銀いろに浮いたやうに見え、その手首にぶつかつてできた波は、うつくしい燐光をあげて、ちらちらと燃えるやうに見えたのでもわかりました。川上の方を見ると、すすきのいつぱいに生えている崖の下に、白い岩が、まるで運動場のやうに平らに川に沿つて出てゐるのでした。そこに小さな五、六人の人かげが、何か掘り出すか埋めるかしてゐるらしく、立つたり屈んだり、時々なにかの道具が、ピカツと光つたりしました。

「行つてみよう。」二人は、まるで一度に叫んで、そつちの方へ走りました。その白い岩になつた處（ところ）の入口に〔プリオシン海岸〕といふ、瀬戸物のつるつるした標札が立つて、向うの渚には、ところどころ細い鐵（てつ）の欄干も植ゑられ、木製のきれいなベンチも置いてありました。

「おや、變（へん）なものがあるよ。」カムパネルラが、不思議さうに立ちどまつて、岩から黒い細長いさきの尖つたくるみの實（み）のやうなものをひろひました。

「くるみの實だよ。そら、澤山ある。流れて來たんぢやない。岩の中に入つてるんだ。」

「大きいね、このくるみ、倍あるね。こいつはすこしもいたんでない。」

「早くあすこへ行つて見よう。きつと何か掘つてるから。」

　二人は、ぎざぎざの黒いくるみの實を持ちながら、またさつきの方へ近よつて行きました。左手の渚には、波がやさしい稲妻のやうに燃えて寄せ、右手の崖には、いちめん銀や貝殻でこ

さへたやうなすすきの穗がゆれたのです。

　だんだん近付いて見ると、一人のせいの高い、ひどい近眼鏡をかけて長靴をはいた學者らしい人が、手帳に何かせはしさうに書きつけながら、つるはしをふりあげたり、スコップをつかつたりしてゐる、三人の助手らしい人たちに夢中でいろいろ指圖をしてゐました。

「そこのその突起を壞さないやうに、スコップを使ひたまへ。スコップを。おつと、も少し遠くから掘つて。いけない、いけない。なぜそんな亂暴をするんだ。」

　見ると、その白い柔らかな岩の中から、大きな大きな青じろい獸の骨が、橫に倒れて潰れたといふ風になつて、半分以上掘り出されてゐました。そして氣をつけて見ると、そこらには、蹄（かかと）の二つある足跡のついた岩が、四角（よすみ）に十ばかり、きれいに切り取られて番號（ばんごう）がつけられてありました。

「君たちは參觀かね。」その大學士らしい人が、眼鏡をきらつとさせて、こつちを見て話しかけました。

「くるみが澤山あつたらう。それはまあ、ざつと百二十萬年ぐらゐ前のくるみだよ。ごく新らしい方さ。ここは百二十萬年前、第三紀のあとのころは海岸でね、この下からは貝がらも出る。いま川の流れてゐるとこに、そつくり鹽水（しおみず）が寄せたり引いたりもしてゐたのだ。このけものかね、これはボスといつてね、おいおい、そこ、つるはしはよしたまへ。ていねいに鑿（のみ）でやつてくれたまへ。ボスといつてね、いまの牛の先祖で、昔はたくさん居たのさ。」

「標本にするんですか。」

「いや、證明（しょうめい）するに要るんだ。ぼくらからみると、ここは厚い立派な地層で、百二十萬年ぐらゐ前にできたといふ證據（しょうこ）もいろいろあがるけれども、ぼくらとちがつたやつからみてもやつぱりこんな地層に見えるかどうか、あるひは風か水か、がらんとした空かに見えやしないかといふことなのだ。わかつたかい。けれども、おいおい、そこもスコツプではいけない。そのすぐ下に肋骨が埋もれてる筈ぢやないか大學士はあわてて走つて行きました。

「もう時間だよ。行かう。」カムパネルラが地圖と腕時計とをくらべながら云ひました。

「ああ、ではわたくしどもは失禮いたします。」ジヨバンニは、ていねいに大學士におじぎしました。

「さうですか。いや、さよなら。」大學士は、また忙がしさうに、あちこち歩きまはつて監督をはじめました。

二人は、その白い岩の上を、一生けん命汽車におくれないやうに走りました。そしてほんたうに、風のやうに走れたのです。息も切れず膝もあつくなりませんでした。

こんなにしてかけるなら、もう世界中だつてかけれると、ジヨバンニは思ひました。

そして二人は、前のあの河原を通り、改札口の電燈がだんだん大きくなつて、間もなく二人は、もとの車室の席に座つていま行つて來た方を窓から見てゐました。

賢治さん、私、胸がいっぱいになりました。

「おつかさんは、ぼくをゆるして下さるだらうか。」

この言葉は、自分でない人を助けるために川へ入って、おっかさんの大切に思っている僕が命を落としたということを、おっかさんは許してくださるだろうかと思ったのでしょうか？

いつだって亡くなった人は、自分が亡くなったことの悲しみよりも、残してきた人を寂しくさせてしまうという悲しみがあるのかもしれません。

でも、カンパネルラは思うのですね。

「ぼくわからない。けれども、誰だつて、ほんたうにいいことをしたら、いちばん幸ひなんだね。だから、おつかさんは、ぼくをゆるして下さると思ふ。」

賢治さん、私は今回、改めて『銀河鉄道の夜』を読ませていただきながら、いのちのことばかり考えている自分に気がつきます。

賢治さん、私ね。唐突なようですが、私はすべてのものは、いつもいつも宇宙から愛されて守られていると心から思っているのです。

間質性肺炎で亡くなった父は、最期はとてもいい笑顔でした。お通夜でもお葬式でも、妹と母と何度も「お父さん笑っているね」と言い合いました。

息ができなくなると、脳の中に脳内モルヒネが出ると知って、私は、父は宇宙に抱かれるように連れて行っていただいたのだなあと思いました。亡くなったとっちんも、いい顔をしているねとみんなで言い合いました。もちろん、苦しくて、辛い中で亡くなる方もおられるでしょう。でも、最期の瞬間には、必ず天に抱かれるはずと信じています。脳内モルヒネが出るのは間違いないことですから。

そして、生まれるときの赤ちゃんも、お産のお母さんも、脳の中にも脳内モルヒネが出るそうです。生まれるときも亡くなるときもみんな脳内モルヒネが出て、大きな宇宙というか何かがそばにいてくれるようにできているのですね。

私はてんかんの発作が時々起きる男の子が苦しそうに思えて、泣いてしまったときに、「かっこちゃん泣かなくていいよ。僕ね、発作のときはなんだか気持ちがいいんだ」と教えてもらったことがありました。みんながそうかはわかりません。でも、そのことは繰り返し考えます。よく「看取る人もいないで死んでいくかもしれないのが不安だ」というお話を聞きます。私はもしかしたら、亡くなる瞬間は、誰といようと、たった一人であっても、天がそばにいてくれて、守られているんだと思うのです。だから、どうかカンパネルラもそうだったんだと思いたいです。

カンパネルラのお父さんは、なんともいさぎのいい人ですね。きっとザネリのことも、責めもせずいたのでしょうね。あるいは、誰かのしあわせのために動いたカンパネルラを誇りに思っていたのでしょうか？

五のところで（私が後ろから前へと勝手に移動した場所ですが、カンパネルラのいのちが）「もう駄目です」とお父さんが言ったあとの文章

……＊……


「あなたはジヨバンニさんでしたね。どうも今晩はありがたう。」と叮ねいに云ひました。

ジヨバンニは何も云へずにただおじぎをしました。

「あなたのお父さんはもう歸つてゐますか。」博士は堅く時計を握つたまま、また聞きました。

「いいえ。」ジヨバンニはかすかに頭をふりました。

「どうしたのかなあ、ぼくには一昨日大へん元氣な便りがあつたんだが。今日あたりもう着くころなんだが船が遲れたんだな。ジヨバンニさん。あした放課後みなさんとうちへ遊びに來てくださいね。」さう云ひながら博士はまた、川下の銀河のいつぱいにうつつた方へ、ぢつと眼を送りました。


……＊……


ここを思い出すと涙がポロポロ溢れます。ジョバンニの辛く寂しかった毎日のことや、それがきっとうれしい日に変わるしあわせを願い、おそらく明日は、カンパネルラの式を執り行わなければならないと思っておられるのでしょうか？

そして、私がそうであるように、母親というものは（あるいは父親もそうかもしれませんが）

子どもの命や病気などのことは、簡単には受け止められないものかもしれません。カンパネルラのお父さんは、大きな腕の中でカンパネルラとお母さんのことや、そして自分のことも全部一緒に抱きしめるのでしょうか？

「ぼくはおつかさんが、ほんたうに幸ひになるなら、どんなことでもする。けれどもいつたいどんなことが、おつかさんのいちばんの幸ひなんだらう。」とカンパネルラは言いました。

賢治さん、しあわせってどんなことなのでしょう。

私はしあわせのことを考えるときに、どうしてもお話したいことがあるのです。

脳幹出血のために、三時間の命と言われ、助かってももう体のどこも動かせず、思いも伝えられないと思われた友人が私にはいます。子どもたちから「宮ぷー」の愛称で呼ばれていた同僚です。その宮ぷーの指がやがて動き出し、そこに意思伝達装置をつなぐことで、思いが伝えられるようになったのです。

宮ぷーはある日、意思伝達装置で

「何でもない日がしあわせだった」と言いました。

「欲しいものがあったら手を伸ばせば取れる。行きたいところがあれば歩いていける。それはとてもしあわせだった」と気が付いたというのです。

「じゃあ、今はもうしあわせじゃないの？」とわたしが尋ねると、宮ぷーは「かっこちゃんがいてくれる。みんなも応援してくれる。思いも伝えられる。僕はしあわせだよ」と笑いました。そして、「いつもしあわせは　自分の手の中にあるんだね」と伝えてくれました。宮ぷーは脳幹出血になってから、十四年頑張って生きて、しあわせについて伝えてくれて、亡くなりました。

それから、もう一人の友人、雪絵ちゃんのことです。多発性硬化症のために、目が見えなくなって手足が動かなくなっていく病にあった雪絵ちゃんは、「どんな日にもうれしいことが隠れているよ。どんな日にもありがとうが隠れているよ」「どんなこともいつかのいい日のためにあるよ」と私に教えてくれました。

二人ともどんなに辛い中にあっただろうと思うと、毎日をもっともっとと、欲張りに生きていて、不平不満ばかり持つ自分に気がつくのです。

賢治さん、賢治さんはいろいろな作品の中で、自分だけのしあわせはありえない。みんながしあわせでなければ、しあわせとは言えないと言っておられますね。私はやはり、この物語を読み進めながら、いのちのことと、そしてしあわせについても考えていきたいです。

ところで、『銀河鉄道の夜』で、主人公のジョバンニとカムパネルラが降り立った「プリオン海岸」のモデルが「イギリス海岸」と呼ばれる場所だそうですね。確かに岩手に行ったときに、イギリス海岸と書かれた道案内の標識を見ました。賢治さんが散歩して胡桃や貝殻を掘ったのかなあと思いながら、私も胡桃の化石を掘ってみたいなあと思いました。それがむずかしいことでも、胡桃を拾ってみたいなあと思いました。きっと、賢治さんもいろいろな場所を散歩しながら、銀河鉄道などの物語を考えたことでしょうね？

それから前に賢治さんの記念館に行ったときに、私はうれしくて、いろいろな買い物をしました。そのひとつが少し潰れた形をした大きな胡桃の文鎮でした。それはもしかしたら賢治さんが拾われた、胡桃の化石の形の文鎮ではないかなあとそんなことを思ったのです。

賢治さん、賢治さんの本を読んでいると、私の中の何かが変化をしているという不思議な感覚があるのです。景色や葉っぱやすべてが美しくて、お友だちや愛犬のリトやすべてのモノ、コト、人、なにもかもが愛おしくて涙がこぼれてくる感覚を持つようになりました。本当に不思議な感じです。

すべてのものの中に、サムシング・グレートが働いている。これは、すべてのもの、たとえば細胞ひとつひとつの中に、宝石が輝いていて、それが表からも見えるような感覚ではないかと思います。サムシング・グレートがすべてを光らせているということなのでしょうか。

賢治さんが書かれたところです。

……＊……

そして間もなく、あの汽車から見えたきれいな河原に來ました。

カムパネルラは、そのきれいな砂を一つまみ、掌にひろげ、指できしきしさせながら、夢のやうに云つてゐるのでした。

「この砂はみんな水晶だ。中で小さな火が燃えてゐる。」

「さうだ。」どこでぼくは、そんなこと習つたらうと思ひながら、ジヨバンニもぼんやり答へてゐました。

河原の礫（つぶて）は、みんなすきとほつて、たしかに水晶や黄玉や、またくしやくしやの皺曲（しゅうきょく）をあらはしたのや、また稜から霧のやうな青白い光を出す鋼玉やらでした。ジヨバンニは、走つてその渚に行つて、水に手をひたしました。けれどもあやしいその銀河の水は、水素よりももつとすきとほつてゐたのです。それでもたしかに流れてゐたことは、二人の手首の、水にひたしたところが、少し水銀いろに浮いたやうに見え、その手首にぶつかってできた波は、うつくしい燐光をあげて、ちらちらと燃えるやうに見えたのでもわかりました。

……＊……

賢治さん、賢治さんは砂一つひとつが水晶で、中に小さな火が燃えているのを確かに見たのではないでしょうか？　そして、手を水に浸せば、それは燐光をあげて、ちらちら燃えるように実際に見えたのでしょうか？　林の中や海岸でもそんなふうに感じられたのでしょうか？

賢治さん、賢治さんの言う燃えるものはいのちでしょうか？　あるいは、サムシング・グレート自身とも言えるし、それぞれが持つ魂のようなものに、サムシング・グレートがそれぞれの輝きを与えているということなのでしょうか？

ところで、私は本を作るとき、印刷できる状態へ持っていくのに、インデザインというソフトを使っています。そのときに、賢治さんの部分と私の部分のフォントを変えたり、題字を大きくしたり、絵を入れたりといった作業をします。何時間もかかる作業です。

まさに、私はこの本を書きながら、インデザインを使って本を作っているのですが、ずいぶん作業が進んだところで、編集前のワードのテキストを流し込んでいたと気がついたり、インデザインの画面で保存していないまま突然ソフトが落ちてしまったりして、なんと五回も一から作り直したりしています。

賢治さん、そのときの私ときたら、今までしたことがすべて徒労に終わったような、砂山が崩れ落ちてしまったかのような、軽くではあるけど絶望感に襲われます。もうどうしたらいいの？　どうしてくれるの？　みたいな感覚です。

しかたないよと結局は設定からやり直し始めます。そして、五回直して今わかることは、やはり、やり直したことにも意味があって、すべてにサムシング・グレートが働いていたのだと確信するのです。

途中の作業にミスがあって、ＰＤＦからテキストをコピーしなおしたものを流していたために、すべての文章の最後に改行が入っていたことがあとでわかったり、インデザインの新しい機能を学べたり、すべてが大事だったんだとわかるのです。

賢治さん、それからね、本を書いたり、お話をさせていただいていると、少なからず私の使った言葉だったり、考え方に、批判や疑問という形でメールをいただいたりすることがあります。そんなときは、やはり悲しくなったり、気持ちが落ち込んだりしそうにもなるのです。でも、振り返ってみれば、いただいたメールのおかげで、私自身が、いただいたどんな意見にも、謙虚に耳を傾ける姿勢が、とれていなかったのじゃないかと思い直すことができたり、考える時間が持てたり、いいことを思いついたりしていることに気がつくことがあります。

サムシング・グレートがこの批判も私にとって、必要として用意してくださったのかと考えることができると、ありがたくて胸がいっぱいになります。そう思うと、この批判や批判をくださった方も、自分にとって、水晶のひとつなのですね。道端の石ころひとつも、きっと中でちらちら美しくいのちを燃やしているのでしょうね。

賢治さん、賢治さんの見ておられた世界を私は見ることはできないけれど、想像することはできます。それがとてもしあわせです。

九　鳥を捕る人

「ここへかけてもようございますか。」

がさがさした、けれども親切さうな大人の聲が、二人のうしろで聞えました。

それは、茶いろの少しぼろぼろの外套を着て、白い布でつつんだ荷物を、二つに分けて肩にかけた赤髯（ひげ）のせなかのかがんだ人でした。

「ええ、いいんです。」ジョバンニは、少し肩をすぼめて挨拶しました。その人は、ひげの中でかすかに微笑ひ（わらい）ながら荷物をゆつくり網棚にのせました。ジョバンニは、なにか大へんさびしいやうなかなしいやうな氣がして、だまつて正面の時計を見てゐましたら、ずうつと前の方で硝子の笛のやうなものが鳴りました。汽車はもう、しづかにうごいてゐたのです。カムパネルラは、車室の天井を、あちこち見てゐました。その一つのあかりに黒い甲蟲がとまつて、その影が大きく天井にうつつてゐたのです。

赤ひげの人は、なにかなつかしさうにわらひながら、ジョバンニやカムパネルラのやうすを見てゐました。汽車はもうだんだん早くなつて、すすきと川と、かはるがはる窓の外から光りました。

赤ひげの人が、少しおづおづしながら、二人に訊きました。

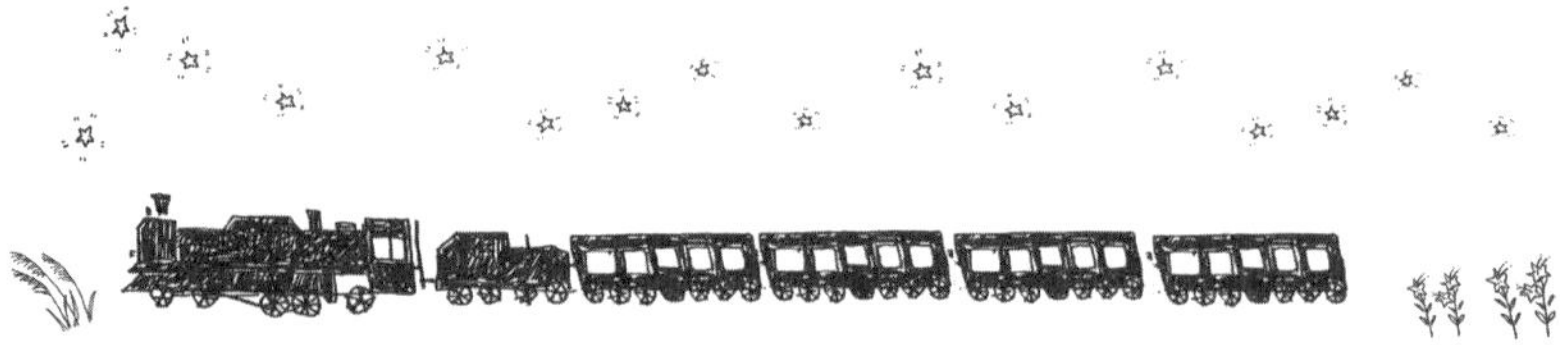

「あなた方は、どちらへいらつしやるんですか。」

「どこまでも行くんです。」ジヨバンニは、少しきまり惡さうに答へました。

「それはいいね。この汽車は、じつさい、どこまででも行きますぜ。」

「あなたはどこへ行くんです。」カムパネルラが、いきなり、喧嘩のやうにたづねましたので、ジヨバンニは思はずわらひました。すると、向うの席に居た、尖つた帽子をかぶり、大きな鍵を腰に下げた人も、ちらつとこつちを見てわらひましたので、カムパネルラも、つい顔を赤くして笑ひだしてしまひました。ところがその人は別に怒つたでもなく、頬をぴくぴくしながら返事しました。

「わつしはすぐそこで降ります。わつしは、鳥をつかまへる商賣でね。」

「何鳥ですか。」

「鶴や雁です。さぎも白鳥もです。」

「鶴はたくさんゐますか。」

「居ますとも、さつきから鳴いてまさあ。聞かなかつたのですか。」

「いいえ。」

「いまでも聞えるぢやありませんか。そら、耳をすまして聴いてごらんなさい。」

　二人は眼を擧げ、耳をすましました。ごとごと鳴る汽車のひびきと、すすきの風との間から、ころんころんと水の湧くやうな音が聞えて來るのでした。

「鶴、どうしてとるんですか。」

「鶴ですか、それとも鷺ですか。」

「鷺です。」ジョバンニは、どつちでもいいと思ひながら答へました。

「そいつはな、雑作ない。さぎといふものは、みんな天の川の砂が凝（こご）つて、ぼうつとできるもんですからね、そして始終川へ帰りますからね。川原で待つてゐて、鷺がみんな、脚をかういふ風にして降りてくるとこを、そいつが地べたへつくかつかないうちに、ぴたつと押へちまふんです。するともう鷺は、かたまつて安心して死んぢまひます。あとはもう、わかり切つてまさあ、押し葉にするだけです。」

「鷺を押し葉にするんですか。標本ですか。」

「標本ぢやありません。みんなたべるぢやありませんか。」

「をかしいねえ。」カムパネルラが首をかしげました。

「おかしいも不審もありませんや。そら。」その男は立つて、網棚から包みをおろして、手ばやくくるくると解きました。

「さあ、ごらんなさい。いまとつて來たばかりです。」

「ほんたうに鷺だねえ。」二人は思はず叫びました。まつ白な、あのさつきの北の十字架のやうに光る鷺のからだが十ばかり、少しひらべつたくなつて、黒い脚をちぢめて、浮彫のやうにならんでゐたのです。

「眼をつぶつてるね。」カムパネルラは、指でそつと、鷺の三日月がたの白い瞑（つぶ）つた眼にさはりました。頭の上の槍のやうな白い毛もちやんとついてゐました。

「ね、さうでせう。」鳥捕りは風呂敷を重ねて、またくるくると包んで紐でくくりました。誰がいつたいここらで鷺なんぞ喰べるだらうとジヨバンニは思ひながら訊きました。

「鷺はおいしいんですか。」

「ええ、毎日註文があります。しかし雁の方が、もつと賣(う)れます。雁の方がずつと柄がいいし、第一手數がありませんからな。そら。」鳥捕りは、また別の方の包みを解きました。すると黄と青じろとまだらになつて、なにかのあかりのやうにひかる雁が、ちやうどさつきの鷺のやうに、くちばしを揃へて、少し扁べつたくなつてならんでゐました。

「こつちはすぐ喰べられます。どうです、少しおあがりなさい。」鳥捕りは、黄いろな雁の足を、輕くひつぱりました。するとそれは、チヨコレートででもできてゐるやうに、すつときれいにはなれました。

「どうです。すこしたべてごらんなさい。」鳥捕りは、それを二つにちぎつてわたしました。ジヨバンニは、ちよつと喰べてみて、

（なんだ、やつぱりこいつはお菓子だ。チヨコレートよりも、もつとおいしいけれども、こんな雁が飛んでゐるもんか。この男は、どこかそこらの野原の菓子屋だ。けれどもぼくは、このひとをばかにしながら、この人のお菓子をたべてゐるのは、大へん氣の毒だ。）と思ひながら、や

つぱりぽくぽくそれをたべてゐました。

「も少しおあがりなさい。」鳥捕りがまた包みを出しました。ジョバンニは、もつとたべたかつたのですけれども、

「ええ、ありがたう。」と云つて遠慮しましたら、鳥捕りは、こんどは向うの席の、鍵をもつた人に出しました。

「いや、商賣ものを貰つちやすみませんな。」その人は、帽子をとりました。

「いいえ、どういたしまして、どうです。今年の渡り鳥の景氣は。」

「いや、すてきなもんですよ。一昨日の第二限ころなんか、なぜ燈臺（とうだい）の燈を、規則以外に暗くさせるかつて、あつちからもこつちからも、電話で故障が來ましたが、なあに、こつちがやるんぢやなくて、渡り鳥どもが、まつ黒にかたまつて、あかしの前を通るのですから仕方ありませんや、わたしあ、べらぼうめ、そんな苦情は、おれのとこへ持つて來たつて仕方がねえや、ばさばさのマントを着て脚と口との途方もなく細い大将へやれつて、斯う云つてやりましたがね、はつは。」

　すすきがなくなつたために、向うの野原から、ぱつとあかりが射して來ました。

「鷺の方はなぜ手數なんですか。」カムパネルラは、さつきから、訊かうと思つてゐたのです。

「それはね、鷺を喰べるには、」鳥捕りは、こつちに向き直りました。

「天の川の水あかりに、十日もつるして置くかね、さうでなけあ、砂に三、四日うづめなけあい

けないんだ。さうすると、水銀がみんな蒸發して、喰べられるやうになるよ。」

「こいつは鳥ぢやない。ただのお菓子でせう。」やつぱりおなじことを考へてゐたとみえて、カムパネルラが、思ひ切つたといふやうに尋ねました。鳥捕りは、何か大へんあわてた風で、

「さうさう、ここで降りなけあ。」と云ひながら、立つて荷物をとつたと思ふと、もう見えなくなつてゐました。

「どこへ行つたんだらう。」二人は顔を見合せましたら、燈臺守はにやにや笑つて、少し伸びあがるやうにしながら、二人の横の窓の外をのぞきました。二人もそつちを見ましたら、たつたいまの鳥捕りが、黄いろと青じろの、うつくしい燐光を出す、いちめんのかはらははこぐさの上に立つて、まじめな顔をして兩手をひろげて、ぢつとそらを見てゐたのです。

「あすこへ行つてる。ずゐぶん奇體だねえ。きつとまた鳥をつかまへるとこだねえ。汽車が走つて行かないうちに、早く鳥がおりるといいな。」と云つた途端、がらんとした桔梗いろの空から、さつき見たやうな鷺が、まるで雪の降るやうにぎやあぎやあ叫びながら、いつぱいに舞ひおりて來ました。するとあの鳥捕りは、すつかり註文通りだといふやうにほくほくして、兩足をかつきり六十度に開いて立つて、鷺のちぢめて降りて來る黒い脚を兩手で片つ端から押へて、布の袋の中に入れるのでした。すると鷺は螢のやうに、袋の中でしばらく、青くぺかぺか光つたり消えたりしてゐましたが、おしまひにはとうとう、みんなぼんやり白くなつて、眼をつぶるのでした。ところが、つかまへられる鳥よりは、つかまへられないで無事に天の川の砂の上に

降りるものの方が多かつたのです。それは見てゐると、足が砂へつくや否や、まるで雪の融けるやうに、縮まつて扁べつたくなつて、間もなく熔鑛爐から出た銅の汁のやうに、砂や砂利の上にひろがり、しばらくは鳥の形が、砂についてゐるのでしたが、それも二、三度明るくなつたり暗くなつたりしてゐるうちに、もうすつかりまはりと同じいろになつてしまふのでした。

　鳥捕りは二十疋ばかり、袋に入れてしまふと、急に兩手をあげて、兵隊が鐵砲彈にあたつて、死ぬときのやうな形をしました。と思つたら、もうそこに鳥捕りの形はなくなつて、却つて、

「ああせいせいした。どうもからだに丁度合ふほど稼いでゐるくらゐ、いいことはありませんな。」

といふききおぼえのある聲が、ジヨバンニの隣りにしました。見ると鳥捕りは、もうそこでとつて來た鷺を、きちんとそろへて、一つづつ重ね直してゐるのでした。

「どうしてあすこから、いつぺんにここへ來たんですか。」ジヨバンニがなんだかあたりまへのやうな、あたりまへでないやうな、をかしな氣がして問ひました。

「どうしてつて、來ようとしたから來たんです。ぜんたいあなた方は、どちらからおいでですか。」

　ジヨバンニは、すぐ返事しようと思ひましたけれども、さあ、ぜんたいどこから來たのか、もうどうしても考へつきませんでした。カムパネルラも、顔をまつ赤にして何か思ひ出さうとしてゐるのでした。

「ああ、遠くからですね。」

　鳥捕りは、わかつたといふやうに雜作なくうなづきました。

賢治さん、賢治さんの頭の中は、とても楽しいことでいっぱいですね。

鳥捕りのお菓子、最初に読んだときには、そのことが頭から離れなくなりました。夢の中のような魔法の世界のできごとのようで、おさえるだけで、あっという間にぺちゃんこになって葉っぱのようになるとは、どういうことだろうと思いました。鳥が飛んでいくのを見れば、怖い鳥捕りがどこかで待っていやしないだろうかと思いました。けれど、チョコレートよりも美味しい味がするそのお菓子を、すごく怖いけれど、食べてみたいという残酷な気持ちも私にはあるのでした。

それでね、賢治さん、私は母に学校の図書館から借りてきた『銀河鉄道の夜』を見せて、このお菓子が食べてみたいと言いました。そのころのおやつと言えば、ほとんどが母の手作りでした。ある日、学校から帰ると、葉っぱの形をしたお菓子がテーブルに乗っていました。「どうやって作ったの？」と私が聞くと、母は「鳥の足をこうやって丸めてぎゅーって押して」などと言って笑うのです。

私はきゃーと怖がりながらおいしいねと食べたことを思い出します。あれはいったい何だったのでしょう。最後に油で揚げて、ココアとお砂糖をまぜたものをまぶしたのだろうということだけはわかりました。

母はいつだって、子どもたちの喜ぶことを考えてくれる人でした。

ところで少しも関係ないと思うのですが、落雁という名前のお菓子を見ると、私は『銀河鉄道の夜』のこのシーンを思い出すのです。

十　ジョバンニの切符

「もうここらは白鳥區のおしまひです。ごらんなさい。あれが名高いアルビレオの觀測所です。」

　窓の外の、まるで花火でいつぱいのやうな、あまの川のまん中に、黒い大きな建物が四棟ばかり立つて、その一つの平屋根の上に、眼もさめるやうな、青寶玉（サファイア）と黄玉（トパーズ）の大きな二つのすきとほつた球が、輪になつてしづかにくるくるとまはつてゐました。黄いろのがだんだん向うへまはつて行つて、青い小さいのがこつちへ進んで來、間もなく二つのはじは、重なり合つて、きれいな緑いろの兩面凸レンズのかたちをつくり、それもだんだん、まん中がふくらみ出して、とうとう青いのは、すつかりトパースの正面に來ましたので、緑の中心と黄いろな明るい環とができました。それがまただんだん横へ外れて、前のレンズの形を逆に繰り返し、とうとうすつとはなれて、サファイアは向うへめぐり、黄いろのはこつちへ進み、また恰度（ちょうど）さつきのやうな風になりました。銀河のかたちもなく、音もない水にかこまれて、ほんたうにその黒い測候所が、睡（ねむ）つてゐるやうに、しづかによこたはつたのです。

「あれは、水の速さをはかる器械です。水も……。」鳥捕りが云ひかけたとき、

「切符を拝見いたします。」赤い帽子をかぶつたせいの高い車掌が、いつか三人の席の横に、まつすぐに立つてゐて云ひました。鳥捕りはだまつてかくしから、小さな紙きれを出しました。

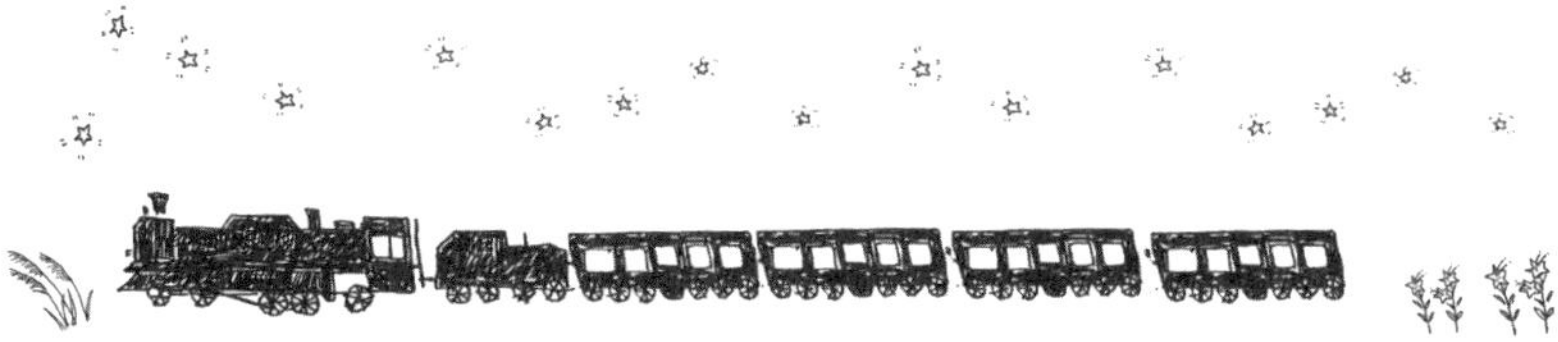

車掌はちよつと見て、すぐ眼をそらして（あなた方のは？）といふやうに、指をうごかしながら、手をジヨバンニたちの方へ出しました。

「さあ。」ジヨバンニは困つて、もぢもぢしてゐましたら、カムパネルラはわけもないといふ風で、小さな鼠いろの切符を出しました。ジヨバンニは、すつかりあわててしまつて、もしか上着のポケツトにでも、入つてゐたかとおもひながら、手を入れて見ましたら、何か大きな畳（たた）んだ紙きれにあたりました。こんなもの入つてゐたらうかと思つて、急いで出してみましたら、それは四つに折つたはがきぐらゐの大きさの緑いろの紙でした。車掌が手を出してゐるもんですから何でも構はない、やつちまへと思つて渡しましたら、車掌はまつすぐに立ち直つて叮嚀（ていねい）にそれを開いて見てゐました。そして讀みながら上着のぼたんやなんかしきりに直したりしてゐましたし、燈臺看守も下からそれを熱心にのぞいてゐましたから、ジヨバンニはたしかにあれは證明書か何かだつたと考へて、少し胸が熱くなるやうな氣がしました。

「これは三次空間の方からお持ちになつたのですか。」車掌がたづねました。

「何だかわかりません。」もう大丈夫だと安心しながらジヨバンニは、そつちを見あげてくつくつ笑ひました。

「よろしうございます。南十字（サウザンクロス）へ着きますのは、次の第三時ころになります。」

車掌は紙をジヨバンニに渡して向うへ行きました。

カムパネルラは、その紙切れが何だつたか待ち兼ねたといふやうに急いでのぞきこみました。

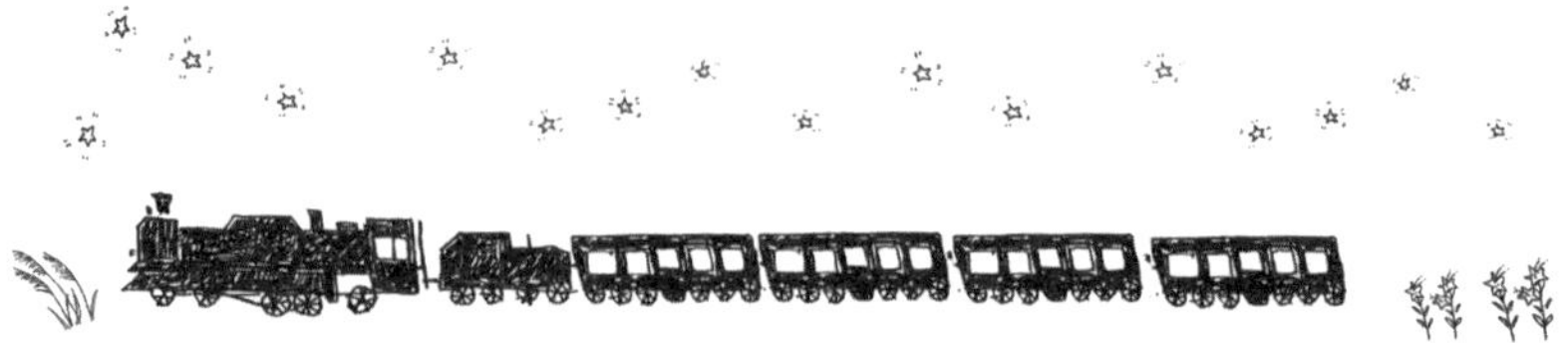

ジョバンニも全く早く見たかつたのです。ところがそれはいちめん黒い唐草のやうな模様の中に、をかしな十ばかりの字を印刷したもので、だまつて見てゐると、何だかその中へ吸ひ込まれてしまふやうな氣がするのでした。すると鳥捕りが横からちらつとそれを見てあわてたやうに云ひました。

「おや、こいつは大したもんですぜ。こいつはもう、ほんたうの天上へさへ行ける切符だ。天上どこぢやない、どこでも勝手にあるける通行券です。こいつをお持ちになれあ、なるほど、こんな不完全な幻想第四次の銀河鐵道なんか、どこまででも行ける筈でさあ。あなた方大したもんですね。」

「何だかわかりません。」ジョバンニが赤くなつて答へながら、それを又疊んでかくしに入れました。

そしてきまりが惡いのでカムパネルラと二人、また窓の外をながめてゐましたが、その鳥捕りの時々大したもんだといふやうに、ちらちらこつちを見てゐるのがぼんやりわかりました。

「もうぢき鷲の停車場だよ。」カムパネルラが向う岸の、三つならんだ小さな青じろい三角標と地圖とを見較べて云ひました。

ジョバンニはなんだかわけもわからずに、となりの鳥捕りが氣の毒でたまらなくなりました。鷺をつかまへて、せいせいしたとよろこんだり、白いきれでそれをくるくる包んだり、ひとの切符をびつくりしたやうに横目で見て、あわてててほめだしたり、そんなことを一々考へてゐ

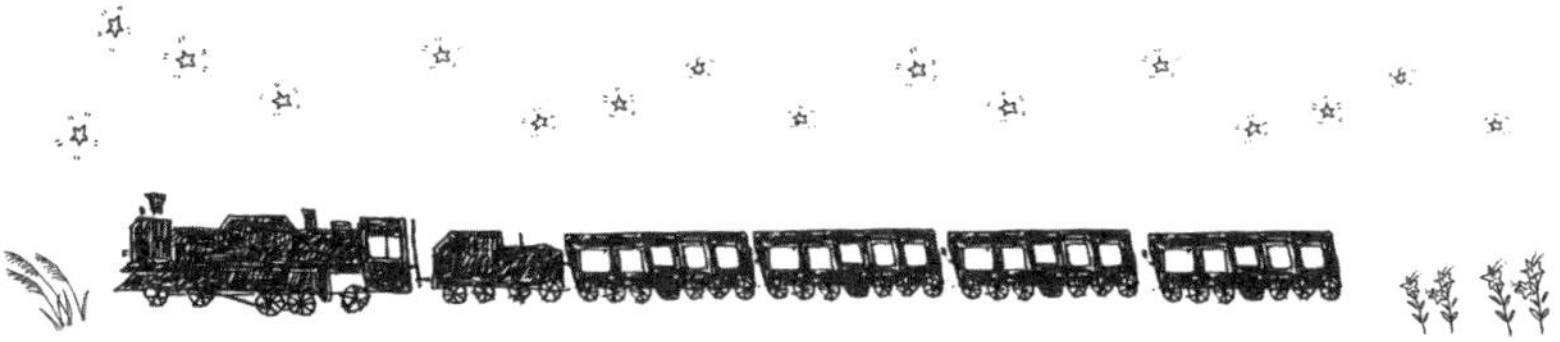

ると、もうその見ず知らずの鳥捕りのために、ジヨバンニの持つてゐるものでも食べるものでもなんでもやつてしまひたい、もうこの人のほんたうの幸になるなら、自分があの光る天の川の河原に立つて、百年つづけて立つて鳥をとつてやつてもいいといふやうな氣がして、どうしてももう默つてゐられなくなりました。ほんたうにあなたのほしいものは一體なんですか、と訊かうとして、それではあんまり出し抜けだから、どうせうかと考へて振り返つて見ましたら、そこにはもうあの鳥捕りが居ませんでした。

　網棚の上には白い荷物も見えなかつたのです。また窓の外で足をふんばつてそらを見上げて鷺を捕る支度をしてゐるのかと思つて、急いでそつちを見ましたが、外はいちめんのうつくしい砂子と白いすすきの波ばかり、あの鳥捕りの廣いせなかも尖つた帽子も見えませんでした。

「あの人どこへ行つたらう。」カムパネルラもぼんやりさう云つてゐました。

「どこへ行つたらう。一體どこでまたあふのだらう。僕はどうしても少しあの人に物を言はなかつたらう。」

「ああ、僕もさう思つてゐるよ。」

「僕はあの人が邪魔なやうな氣がしたんだ。だから僕は大へんつらい。」

　ジヨバンニはこんな變てこな氣もちは、ほんたうにはじめてだし、こんなこと今まで云つたこともないと思ひました。

賢治さん、私たちはカンパネルラが川に入ったとは知らないでいても、ジョバンニだけは、なんだか他のお客さんと違う方法か、理由でこの列車に乗っているのだろうかと思うのですね。それも、何か特別な素敵な券を持っていて、どこまでもどこまでも行けるのですね。

賢治さん、それはジョバンニだけは、他の乗客と違って生きているので、帰ってこれる往復のチケットを持っているということなのでしょうか？

ところで、ジョバンニはどうしてとなりの鳥捕りが気の毒でたまらなくなったのでしょうか？　私は昔、誰かのことを気の毒と思ったり、戦争で怪我をした傷痍（しょうい）軍人さんがおられて、手足がなくて、戦争の歌を歌っておられるのをみて、足や手が痛くなったりして、涙がとまらなくなったことがありました。

賢治さん、そのときの私の話を聞いてくださいますか？

カンボジアへ出かけたときのことです。山の麓に軍人さんがおられました。

「傷痍軍人です」とガイドのソチアさんが言いました。傷痍軍人という言葉を私は小さいときに、ときどき聞いた覚えもあるのです。

小さいころ、ショウイグンジンという言葉は不思議な言葉として、私の心に残りました。集団登校のために子どもたちが集まっている場所に、近所の人が子どもさんを送りに来ていて、私の横で、顔をよせあって話をしていました。「小学校の前にショウイグンジンが今日は座っていたわ。学校の前に座らんでもいいのにね」「学校の先生、他へ行ってって言えないんかね」ショウイグンジンってなんだろうと、どんな字を書くのかなと不思議に思いました。学校の前にいちゃいけない人なのかな。こっそり話をしていたから、聞いてはいけなかったのかな？ なんだかわからないけれど、暗い気持ちになりました。

もう戦争も終わって、ずいぶんたつのに、どうしてかなと不思議でした。近くで「勝ってくるぞと勇ましく……」という音楽が流れていました。私たちが通ると、その人が杖をもって立ち上がったのです。その人の足はひざから下がありませんでした。私には、足がないということと、戦争が結びつきませんでした。でも近所の人のお話を思い出して、見てはいけないものを見てしまったのではないかと思ったのです。家へ帰ったとき、あの方はあそこで何をしていたのか、どうして足がなかったのか、聞きたくて、でもなかなか聞けませんでした。

ずっと考えていたら、母は、そんな私がどことなく変だと思ったのだと思います。「何かあったの？ つらいことがあった？」と聞きました。「ううん」「だったら、どうしたの？」とのぞき込んで心配してくれた母に、これ以上心配をかけたくなくて「学校の前に兵隊さんがいたよ。今、戦争から帰ってきたところなの？」と言いました。たぶん、軍服を着ていたから、今帰ってきたところなのかなと考えたのだと思います。

「そうじゃないのよ」

「でも、戦争のお洋服着てたよ。それでね、足が、足がね……」そう言ってから、いったいどうしたことでしょう。胸が急にいっぱいになって、涙が出てとまらなくて、そのうち、声をあげて泣いてしまいました。
「戦争で戦って足をなくされた方なのよ」母は私の髪をいつまでもなぜてくれました。

賢治さん、私はそのときに、泣いてしまった涙の意味を、大きくなる途中で何度も考えていました。障がいをもっておられるお友だちも増えました。障がいがあることで、友だちのことを「かわいそうに」と言う人と出会うと、その考えは違っているんじゃないかと思うようになっていました。私がもし、自分がたとえば、貧乏でかわいそうとか、顔がかわいくなくてかわいそうなんて言う人がいたら、その人のことをなんて失礼な人だと感じるだろうと思うのです。
傷痍軍人さんと出会ったとき、私はどうして泣いたのだろう。そんなときには、決して泣いてはいけないんじゃないだろうか、泣くことは相手を傷つけるのじゃないだろうか、失礼なことではなかったのだろうか。私は、いつかそのときに泣いてしまったことを、恥ずかしいと思うようになっていました。

学校で傷痍軍人さんに会ったあとでも、お墓参りに行ったときや、ときにはデパートの前で、同じように音楽をならして、白い箱をさげている傷痍軍人さんを見かけることがありました。

私には、どうしても、その方を見ることができなくなっていました。もしまた泣いてしまったら、その人にとても失礼になってしまう。そう思ったから、傷痍軍人さんに会うことがとても怖かったのです。

カンボジアで軍人さんに出会ったのはタ・プローム遺跡というところでした。バスを降りたところで、私たちを歓迎してくれるように太鼓をうちならしている音が聞こえてきました。「中でも聞けます。進みましょう」ソチアさんがそう言いながら、遺跡に続く森の舗装していない道を歩いていきました。少し進むと、森の先の方から、優しい音楽が聞こえてきました。それはきっとカンボジアの民謡のような音楽ではなかったのでしょうか。優しくて、そして異国を感じさせる音楽でした。

演奏をしている人たちは、道の端にゴザを敷いて、その上で、さまざまな楽器を演奏していました。ある人は片足がなく、ある人は両足がなく、そしてある人は手がありませんでした。そして、ある人は目が見えないようでした。

私たちが立ち止まると、楽団は『上を向いて歩こう』の曲を演奏してくれました。

あ、泣いてしまう……。地雷で、あるいは戦争で手足を失われた人の前で泣いてしまうことに、ためらいがあったけれど、私は涙を止めることができませんでした。素晴らしい演奏に心が動いたのでしょうか？　いいえ、それだけではないはずです。

私は小さいとき、怪我をした人のそばにいて、自分も足が痛くてたまらなくなったことを、そのときに思い出しました。

人は苦しみや悲しみや痛みを体験した人に出会うと、「ああ、痛かったんだね。どんなにか苦しかったんだね」とその痛みを自分の痛みとしてとらえるのだとそのときに思いました。そして泣いてしまうことはけっして恥ずかしいことではないんだとも思いました。人は他の人の痛みを自分の痛みとして感じることができるからこそ、その人の痛みをわかろうとできるのだ、もしかしたら、思いやることもできるのではないかとそう思ったのです。

傷痍軍人さんに会ったときの涙を私はずっとずっと恥じて、そのまま引きずってきてしまっていたけれど、ようやっとあのときに泣いてもよかったんだと思ったのでした。

賢治さん、私ね、村上先生に、誰かが怪我をしたのを見ると、私もその場所が痛くてたまらなくなって泣いてしまうと話したことがあるのです。前にもお話したけれど、村上先生は、「それはミラーニューロンだ」とおっしゃいました。「目の前の人の感情を自分の感情のように感じるニューロンが人にはある。だからこそ、人は誰かの苦しみをほおってはおけないんだよ」と。

村上先生は優しく「あなたが悲しいと私も悲しい、あなたがうれしいと私もうれしい」という遺伝子は誰もが持っているもので、とても尊いと教えてくださったのでした。

だからこそジョバンニは**「もうその見ず知らずの鳥捕りのために、ジョバンニの持ってゐる**

ものでも食べるものでもなんでもやつてしまひたい、もうこの人のほんたうの幸になるなら、自分があの光る天の川の河原に立つて、百年つづけて立つて鳥をとつてやつてもいいといふやうな氣がして、どうしてももう黙つてゐられなくなりました。」と思ったのですね。

賢治さん、このごろは毎年のように大きな災害があります。賢治さんの大切な宮城や岩手や福島にも大きな地震が起きたし、今年は能登半島にもとても大きな地震が起きました。

元日の午後にその大きな地震がありました。私の住んでいる小松でもとても揺れたけれど、能登では家がたくさん潰れ、火事も起きて、これを書いている今も、水道や電気が通らないところがあるのです。道路も寸断されて、通るには危険な場所もいっぱいあります。

私の友だちで、運輸会社をされている方が、その日のうちに、大きな大きなトラックでブルーシートなどをいっぱい積んで能登へと出発してくださって、そのほかの友だちも、「なれているボランティアが絶対に必要なんだ」という思いで動いてくださいました。たくさんの人たちが支援金の募金をしてくださって、それからずっと、少しでも自分にできることがないかと考えて、石川県の物を買うなどの応援をしてくださっているそうです。

私は能登のことを考えるとやはり泣けます。被災されたみなさんも、「私たちはあと回しでもいいです。もっと大変な人がいるから、その人を助けてあげて」とおっしゃるのです。

賢治さん、すべての人が持っている思いが、大きな愛の渦を作っているように思えてなりません。これが、賢治さんがおっしゃった、たったひとりのさいわいはありえないということなのでしょうか？

人間は弱いけど強いなあと思います。

独り占めして生きるのはやっぱりしあわせなことではないですね。小さなパンも分けあって食べるときっと独り占めするよりはしあわせですね。

賢治さん、今日も私の心は、賢治さんの美しい心と言葉でいっぱいです。

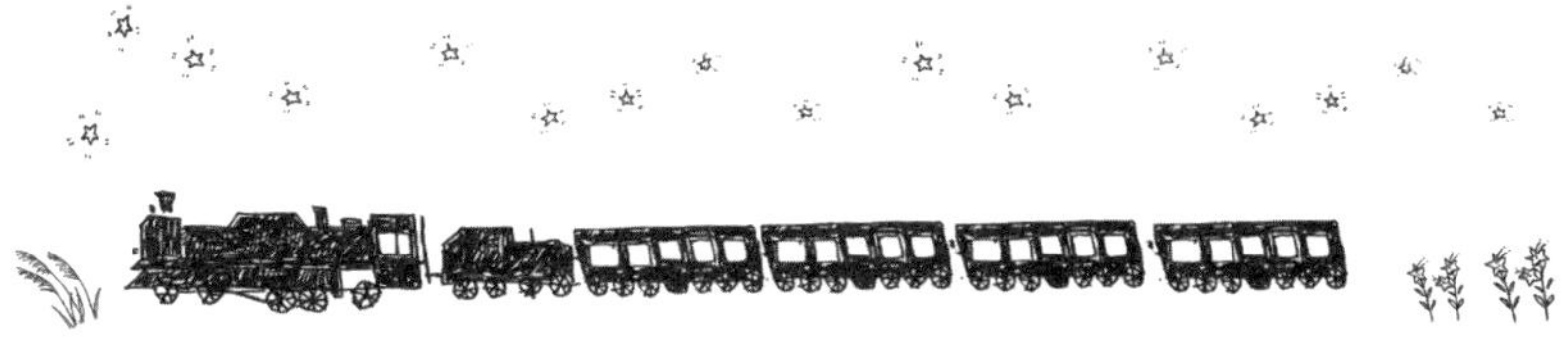

十一　苹果（りんご）の匂

「何だか苹果の匂がする。僕いま苹果のことを考へたためだらうか。」カムパネルラが不思議さうにあたりを見まはしました。

「ほんたうに苹果の匂ひだよ。それから野茨の匂もする。」

ジヨバンニもそこらを見ましたがやつぱりそれは窓からでも入つて來るらしいのでした。いま秋だから野茨の花の匂のする筈はないとジヨバンニは思ひました。

そしたら俄かにそこに、つやつやした黒い髮の六つばかりの男の子が赤いジヤケツのぼたんもかけず、ひどくびつくりしたやうな顔をして、がたがたふるへてはだしで立つてゐました。隣りには黒い洋服をきちんと着た、せいの高い青年が一ぱいに風に吹かれてゐるけやきの木のやうな姿勢で、男の子の手をしつかりひいて立つてゐました。

「あら、ここどこでせう。まあ、きれいだわ。」青年のうしろにもひとり、十二ばかりの眼の茶いろな、可愛らしい女の子が黒い外套を着て、青年の腕にすがつて、不思議さうに窓の外を見てゐるのでした。

「ああ、ここはランカシヤイヤだ。いや、コンネクチカツト州だ。いや、ああぼくたちはそらへ來たのだ。わたしたちは天へ行くのです。ごらんなさい、あのしるしは天上のしるしです。も

うなんにもこはいことはありません。わたくしたちは神さまに召されてゐるのです。」

　黒服の青年はよろこびにかがやいてその女の子に云ひました。けれどもなぜかまた、額に深く皺を刻んで、それに大へんつかれてゐるらしく、無理に笑ひながら男の子をジョバンニのとなりに坐らせました。

　それから女の子にやさしくカムパネルラのとなりの席を指さしました。女の子はすなほにそこへ坐つてきちんと兩手を組み合せました。

「ぼく、おねえさん。お父さんのとこへ行くんだよう。」腰掛けたばかりの男の子は顔を變にして、燈臺（とうだい）看守の向うの席に坐つたばかりの青年に云ひました。青年は何とも云へず悲しさうな顔をして、ぢつとその子の、ちぢれてぬれた頭を見ました。

　女の子は、いきなり兩手を顔にあててしくしく泣いてしまひました。

「お父さんやきくよねえさんはまだいろいろお仕事があるのです。けれどももうすぐあとからいらつしやいます。それよりも、おつかさんはどんなに永く待つていらつしやつたでせう。

　わたしの大事なタダシはいまどんな歌をうたつてゐるだらう、雪の降る朝にみんなと手をつないで、ぐるぐるにはとこのやぶをまはつてあそんでゐるだらうかと考へたり、ほんたうに待つて、心配していらつしやるんですから、早く行つて、おつかさんにお目にかかりませうね。」

「うん、だけど僕、船に乗らなけあよかつたなあ。」

「ええ、けれど、ごらんなさい。そら、どうです。あの立派な川、ね、あすこはあの夏中、ツヰ

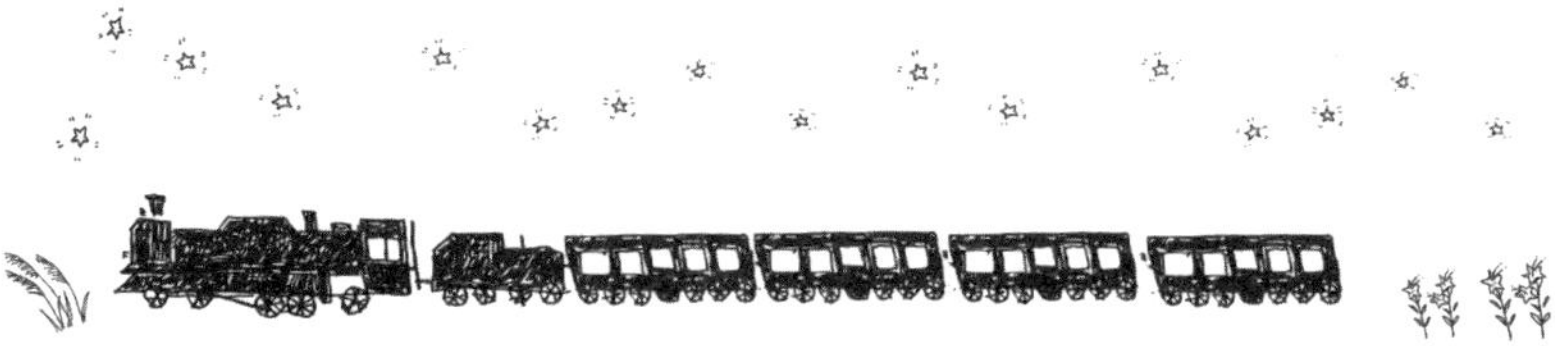

ンクル、ツヰンクル、リトル、スターをうたつてやすむとき、いつも窓からぼんやり白く見えてゐたでせう、あすこですよ。ね、きれいでせう、あんなに光つてゐます。」

　泣いてゐた姉もハンケチで眼をふいて外を見ました。青年は教へるやうにそつと姉弟にまた云ひました。

「わたしたちはもう、なんにもかなしいことはないのです。わたくしたちはこんないいとこを旅して、ぢき神さまのとこへ行きます。そこならもう、ほんたうに明るくて匂がよくて立派な人たちでいつぱいです。そしてわたしたちの代りに、ボートへ乗れた人たちは、きつとみんな助けられて、心配して待つてゐるめいめいのお父さんやお母さんや自分のお家やらへ行くのです。さあ、もうぢきですから元氣を出しておもしろくうたつて行きませう。」

　青年は男の子のぬれたやうな黒い髪をなで、みんなを慰めながら、自分もだんだん顔いろがかがやいて來ました。

「あなた方はどちらからいらつしやつたのですか。どうなすつたのですか。」

　さつきの燈臺看守がやつと少しわかつたやうに、青年にたづねました。

　青年はかすかにわらひました。

「いえ、氷山にぶつつかつて船が沈みましてね。わたしたちはこちらのお父さんが急な用で二ヶ月前、一足さきに本國へお歸りになつたので、あとから發つたのです。私は大學へはいつてゐて、家庭教師にやとはれてゐたのです。ところがちやうど十二日目、今日か昨日のあたりです。船

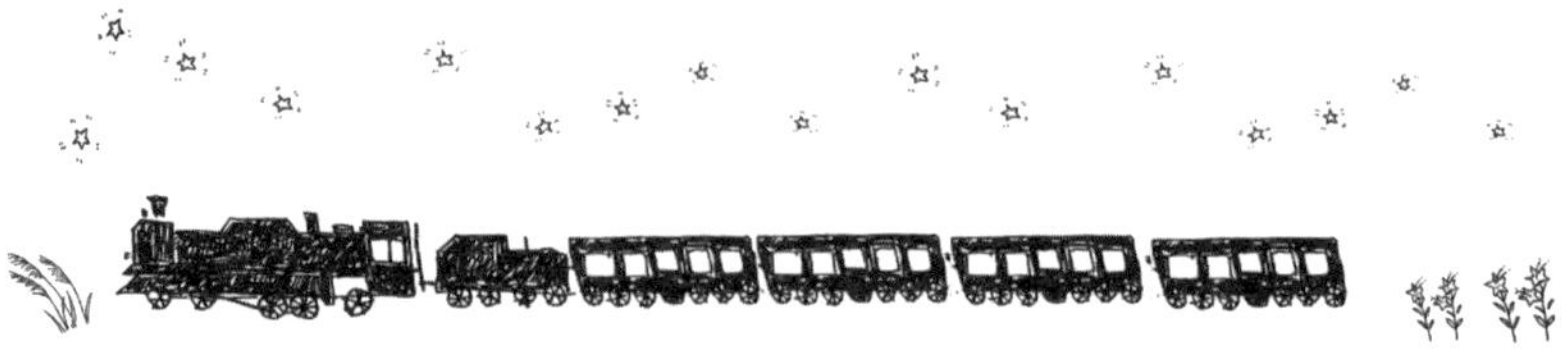

が氷山にぶつかつて一ぺんに傾き、もう沈みかけました。月のあかりはどこかぼんやりありましたが、霧が非常に深かつたのです。ところがボートは左舷の方半分はもうだめになつてゐましたから、とてもみんなは乗り切れないのです。もうそのうちにも船は沈みますし、私は必死となつて、どうか小さな人たちを乗せて下さいと叫びました。近くの人たちはすぐみちを開いて、そして子供たちのために祈つて呉れました。けれどもそこからボートまでのところには、まだまだ小さな子どもたちや親たちやなんか居て、とても押しのける勇氣がなかつたのです。

それでもわたくしはどうしてもこの方たちをお助けするのが私の義務だと思ひましたから、前にゐる子供らを押しのけようとしました。けれどもまた、そんなにして助けてあげるよりはこのまま神のお前にみんなで行く方が、ほんたうにこの方たちの幸福だとも思ひました。

それから、またその神にそむく罪はわたくしひとりでしよつてぜひとも助けてあげようと思ひました。

けれども、どうしても見てゐるとそれができないのでした。

子どもらばかりボートの中へはなしてやつて、お母さんが狂氣のやうにキスを送り、お父さんがかなしいのをぢつとこらへてまつすぐに立つてゐるなど、とてももう腸もちぎれるやうでした。そのうち船はもうずんずん沈みますから、私たちはかたまつて、もうすつかり覺悟して、この人たち二人を抱いて、浮べるだけは浮ばうと船の沈むのを待つてゐました。

誰が投げたかライフヴイが一つ飛んで來ました。けれども滑つてずうつと向うへ行つてしま

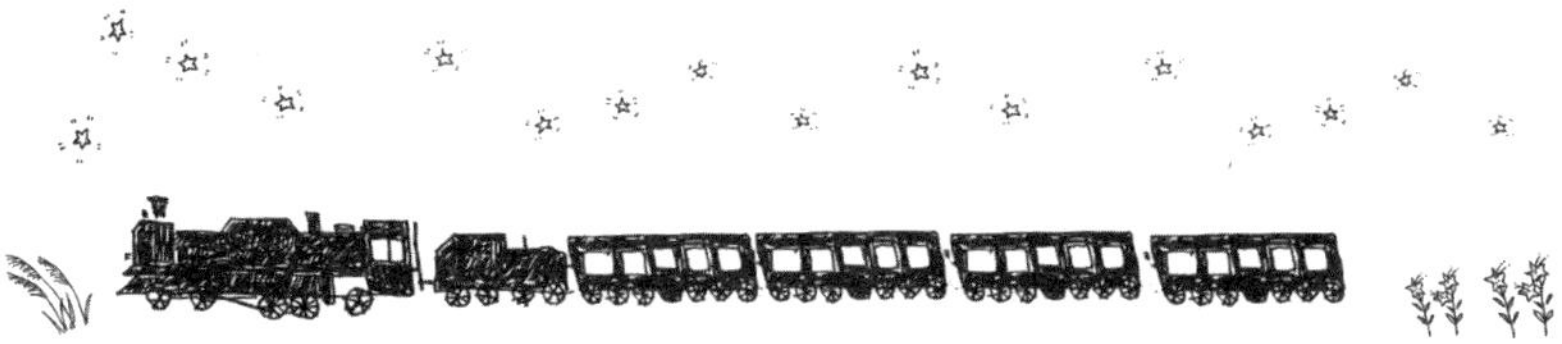

ひました。

私は一生けん命で甲板の格子になつたところをはなして、三人それにしつかりとりつきました。どこからともなく讃美歌の聲があがりました。たちまちみんなはいろいろな國語で一ぺんにそれを歌ひました。

そのとき俄かに大きな音がして私たちは水に落ち、もう渦に入つたと思ひながらしつかりこの人たちをだいてそれからぼうつとしたと思つたらもうここへ來てゐたのです。

この方たちのお母さんは一昨年歿（な）くなられました。ええ、ボートはきつと助かつたにちがひありません。何せよほど熟練な水夫たちが漕いで、すばやく船からはなれてゐましたから。」

そこから小さな嘆息やいのりの聲が聞え、ジヨバンニもカムパネルラもいままで忘れてゐたいろいろのことをぼんやり思ひ出して眼が熱くなりました。

（ああ、その大きな海はパシフイツクといふのではなかつたらうか。

その氷山の流れる北のはての海で、小さな船に乘つて、風や凍りつく潮水や、烈しい寒さとたたかつて、たれかが一生けんめいはたらいてゐる。ぼくはそのひとにほんたうに氣の毒で、そしてすまないやうな氣がする。ぼくはそのひとのさいはひのためにいつたいどうしたらいいのだらう。）

ジヨバンニは首を垂れて、すつかりふさぎ込んでしまひました。

「なにがしあはせかわからないです。ほんたうにどんなつらいことでもそれがただしいみちを進む中でのできごとなら、峠の上りも下りもみんなほんたうの幸福に近づく一あしづつですから。」

燈臺守（とうだいもり）がなぐさめてゐました。

「ああさうです。ただいちばんのさいはひに至るためにいろいろのかなしみもみんな、おぼしめしです。」

青年が祈るやうにさう答へました。

そしてあの姉弟はもうつかれてめいめいにぐつたり席によりかかつて睡（ねむ）つてゐました。さつきのあのはだしだつた足にはいつか白い柔らかな靴をはいてゐたのです。

ごとごとごとごと汽車はきらびやかな燐光の川の岸を進みました。向うの方の窓を見ると、野原はまるで幻燈のやうでした。百も千もの大小さまざまの三角標、その大きなものの上には赤い點々（てんてん）をうつた測量旗も見え、野原のはてはそれがいちめん、たくさんたくさん集つてぼうつと青白い霧のやう、そこからか、またはもつと向うからか、ときどきさまざまの形のぼんやりした狼煙（のろし）のやうなものが、かはるがはるきれいな桔梗いろのそらにうちあげられるのでした。じつにそのすきとほつた綺麗な風は、ばらの匂でいつぱいでした。

賢治さん、このあたりから読者は、どんな人々が銀河鉄道に乗っているのかということが、少しずつわかってきて、心がザワザワしていく場所のように思うのです。

カンパネルラが川へ入ったことを知らない読者は「どうして、カンパネルラやジョバンニが亡くなった人ばかり乗っているこの列車に乗っているんだろう？」と考えるでしょうか？

賢治さん、物語には死の影がありますね。でも、決して暗い影ではないかもしれません。

「わたしたちはもう、なんにもかなしいことはないのです。わたくしたちはこんないいとこを旅して、ぢき神さまのとこへ行きます。そこならもう、ほんたうに明るくて匂がよくて立派な人たちでいつぱいです。」と書かれてありますもの。

賢治さん、私は教員をしていました。子どもたちはたくさんの質問をします。「ねえ、かっこちゃん、私たちは亡くなったらどこにいくの？」そして、講演会の質疑の時間に唐突に「かっこちゃんの死生観について教えてください」とおっしゃる方もおられます。

賢治さん、私はそんなときはいい加減に答えちゃいけないなあと思うのです。子どもたちは、いのちにとても近いところで生きていて、質問の方も、何か大きな悩みを抱えておられて、考え事をされているのかもしれないと思うからです。今の精一杯を答えたいと思うのです。

私はこんなふうに答えたなあと覚えています。

「何も怖がることはないと、私はいつも思っています。私たちはいつもだいじょうぶなように作られているから」と。そこで脳内モルヒネの話もしました。きっと最後まで大丈夫なように私たちは設計されていると。そしてこんな話もしました。
臨死体験などをされた方が、素敵なところへ旅をした。お花畑があって、白い髭の優しいおじいさんがいた……というふうに似たような様子を覚えておられます。
私はそれも、サムシング・グレートが、私たちを守って愛して見せてくださったのかな？と思うし、臨死体験の映像も、用意されたモノやコトや人ではないのかなと思ったりします。
脳内モルヒネが脳の中に出ると、幻覚を見やすくなります。私は見たものが偽物だとかそんなことを言いたいわけでは決してないのです。それよりも、みんながしあわせを感じられて安心して抱かれるような像を見せてくださっていることが、なんと凄いことだろうと思うのです。そしてこれこそが、私たちがいつもいつも愛されている証拠ではないかと思います。
賢治さん、この讃美歌も、列車のみんなを守って聞こえてきたのでしょうか？

……＊……

私は一生けん命で甲板の格子になつたところをはなして、三人それぞれにしつかりとりつきました。どこからともなく讃美歌の聲があがりました。たちまちみんなはいろいろな國語で一ぺんにそれを歌ひました。

……＊……

私がこういうふうに答えると、「それなら、死後の世界はないのですか？」と聞かれることがあります。私はあるときは「わからないの。あるかもしれないし、ないかもしれない。ただ私がいつも大切に思うのは、私たちは愛されている存在だということです」と答えます。あるときは「見えたというのなら、その人の本当はそこにあると思うのです。そして、きっとしあわせに包まれていたと思います」と。賢治さんはなんて答えられるのでしょうか?

私の大好きな生命学者の村上和雄先生は、映画『しあわせの森』の中で、「人類、生き物をしあわせにするプログラムがある」とおっしゃっています。私たちも植物も動物も、宇宙も、生まれたときから亡くなるときまで、みんなつながって生きていて、たったひとつのしあわせはなく、みんなしあわせに生きられる約束があるのですね。

賢治さん、この章では次の言葉があります。

……＊……

「なにがしあはせかわからないです。ほんたうにどんなつらいことでもそれがただしいみちを進む中でのできごとなら、峠の上りも下りもみんなほんたうの幸福に近づく一あしづつですから。」「ああさうです。ただいちばんのさいはひに至るためにいろいろのかなしみもみんな、おぼしめしです。」

……＊……

本当に本当にどんなこともいつかのいい日のためにあるのですね。つらいことがあってもさいわいに至るためのおぼしめし。

大好きな賢治さんが、大好きな村上先生と同じことをおっしゃっておられるのがすごくうれしいです。きっとこれも「本当のこと」だからなのでしょうね。

賢治さん、私の好きな人のひとりに道元という人がいます。

道元さんは『正法眼蔵（しょうぼうげんぞう）』という長い長い書物を書きました。その長い文章の核心は次の一節にあると言います。「愛せざらんや、明珠かくのごとくの彩光きはまりなきなり。彩彩光光の片片条条は尽十方界の功徳なり」

ここに書かれているのは、「宇宙は一体で、すべてが、ただひとつの命である。海も山も石も花も空も月の光も何もかもが明珠の光で構成されている。宇宙は一体であるけれど、石も風も、人もすべてが宇宙そのものである。その一つ一つはいつも絶えず向上しようとしている。たとえば、悪と思えるようなことがあっても、実は宇宙が働いていていてそれがなされている。宇宙はいつもそこにとどまるものでなく、すべてが良い方向へ向かっている。一瞬一瞬が最善である。人が行うことも、何事も自分の意志で行われているのではなく、明珠によって行われている。だから何も思い煩うことはない。宇宙とはそういうものである」ということだというのです。

賢治さん、私は道元さんもまた、すべてのものがいつかのいい日のためにあるのだと言っておられる気がして、「本当のこと」だからだなあと心からうれしくなります。

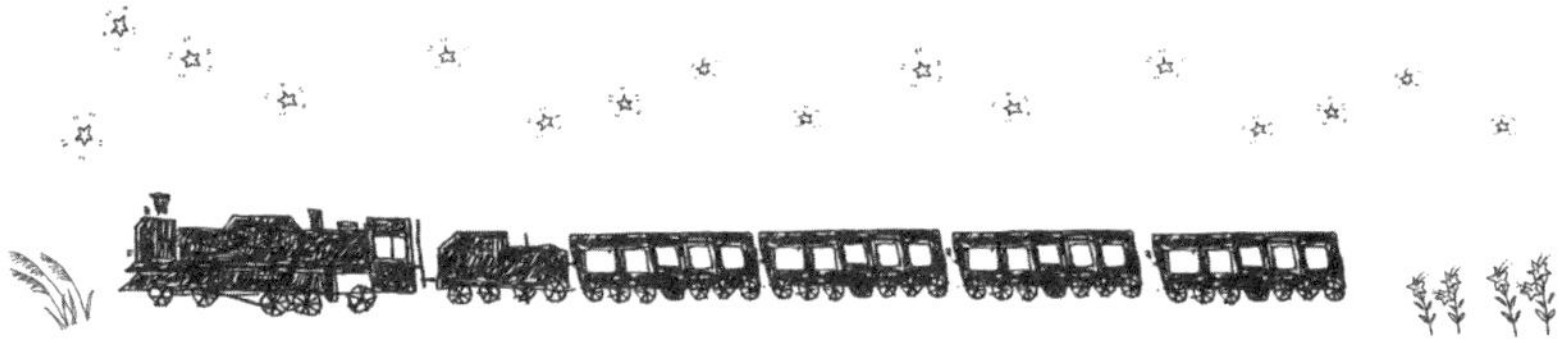

十二　渡り鳥や鯨やイルカ

「いかがですか。かういふ苹果（りんご）ははじめてでせう。」

向うの席の燈臺（とうだい）看守が、いつか黄金と紅でうつくしくいろどられた大きな苹果を落さないやうに、兩手で膝の上にかかえてゐました。

「おや、どつから來たのですか。立派ですね。ここらではこんな苹果ができるのですか。」青年はほんたうにびつくりしたらしく、燈臺看守の兩手にかかえられた一もりの苹果を、眼を細くしたり首をまげたりしながら、われを忘れてながめてゐました。

「いや、まあおとり下さい。どうか、まあおとり下さい。」

青年は一つとつてジヨバンニたちの方をちよつと見ました。

「さあ、向うの坊ちやんがた。いかがですか。おとり下さい。」

ジヨバンニは坊ちやんと云はれたので、すこししやくにさはつてだまつてゐましたが、カムパネルラは「ありがたう。」と云ひました。

すると青年は自分でとつて一つづつ二人に送つてよこしましたので、ジヨバンニも立つてありがたうと云ひました。

燈臺看守はやつと兩腕があいたので、こんどは自分で一つづつ睡つてゐる姉弟の膝にそつと置きました。

「どうもありがたう。どこでできるのですか、こんな立派な苹果は。」青年はつくづく見ながら云ひました。

「この邊（あたり）ではもちろん農業はいたしますけれども、大ていひとりでにいいものができるやうな約束になつて居ります。

　農業だつてそんなに骨は折れはしません。たいてい自分の望む種子さへ播けばひとりでにどんどんできます。米だつてパシフイツク邊のやうに殻もないし、十倍も大きくて匂もいいのです。けれどもあなたがたのこれからいらつしやる方なら、農業はもうありません。苹果だつてお菓子だつてかすが少しもありませんから、みんなそのひとそのひとによつてちがつた、わづかのいいかをりになつて毛あなからちらけてしまふのです。」

　にはかに男の子がぱつちり眼をあいて云ひました。

「ああぼく、いまお母さんの夢をみてゐたよ。お母さんがね、立派な戸棚や本のあるとこに居てね、ぼくの方を見て手をだしてにこにこにこにこわらつたよ。ぼく、おつかさん、りんごをひろつてきてあげませうか。と云つたら眼がさめちやつた。ああここ、さつきの汽車のなかだねえ。」

「その苹果がそこにあります。このをぢさんにいただいたのですよ。」青年が云ひました。

「ありがたうをぢさん。おや、かほるねえさんまだねてるねえ、ぼくおこしてやらう。ねえさん。ごらん、りんごをもらつたよ。おきてごらん。」

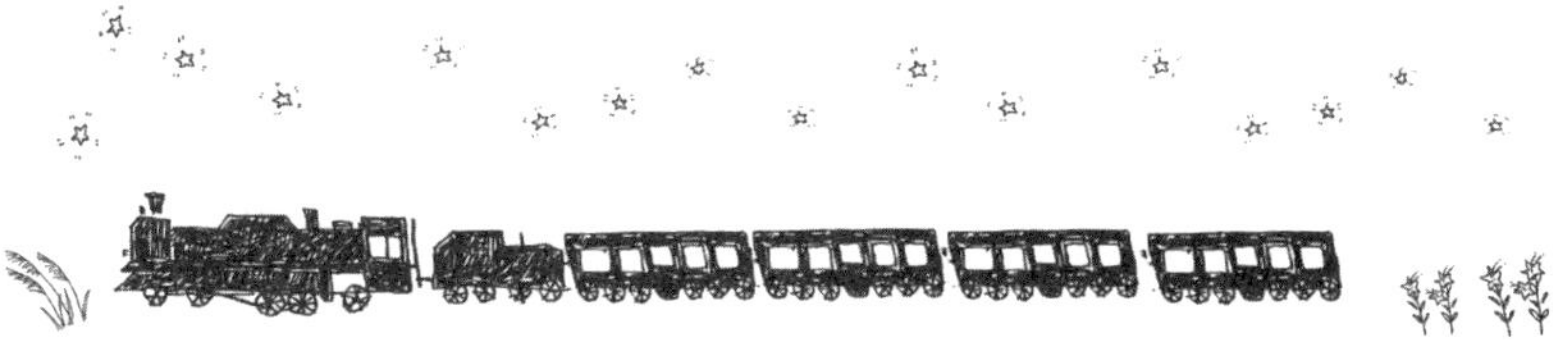

姉はわらつて眼をさまし、まぶしさうに兩手を眼にあてて、それから苹果を見ました。

男の子はまるでパイを喰べるやうに、もうそれを喰べてゐました。また折角剥いたそのきれいな皮も、くるくるコルク抜きのやうな形になつて床へ落ちるまでの間には、すうつと灰いろに光つて蒸發してしまふのでした。

二人はりんごを大切にポケツトにしまひました。

「いまどの邊あるいてるの。」ジヨバンニがききました。

「ここだよ。」カムパネルラは鷲の停車場の少し南を指さしました。

川下の向う岸に青く茂つた大きな林が見え、その枝には熟してまつ赤に光る圓い實がいつぱい、その林のまん中に高い高い三角標が立つて、森の中からはオーケストラベルやジロフオンにまじつて何とも云へずきれいな音いろが、とけるやうに浸みるやうに風につれて流れて來るのでした。青年はぞくつとしてからだをふるふやうにしました。

だまつてその譜を聞いてゐると、そこらにいちめん黄いろや、うすい緑の明るい野原か敷物かがひろがり、またまつ白な臘（ろう）のやうな霧が太陽の面を擦めて行くやうに思はれました。

「まあ、あの鳥。」カムパネルラのとなりの、かほると呼ばれた女の子が叫びました。

「からすでない。みんなかささぎだ。」カムパネルラがまた何氣なく叱るやうに叫びましたので、ジヨバンニはまた思はず笑ひ、女の子はきまり惡さうにしました。まつたく河原の青じろいあかりの上に、黒い鳥がたくさんたくさんいつぱいに列になつてとまつてぢつと川の微光を受け

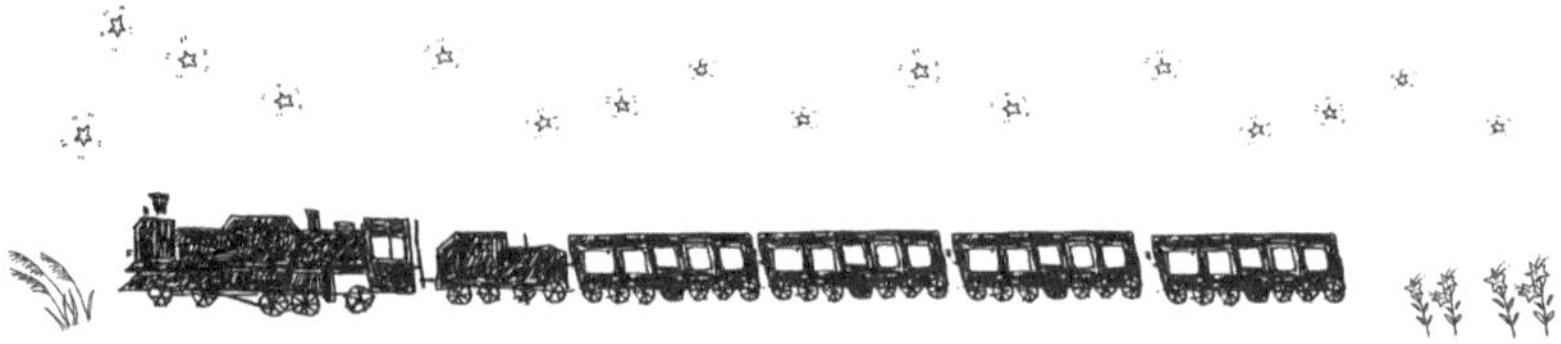

てゐるのでした。

「かささぎですねえ、頭のうしろのところに毛がぴんと延びてますから。」青年はとりなすやうに云ひました。

向うの青い森の中の三角標はすつかり汽車の正面に來ました。そのとき汽車のずうつとうしろの方から、あの聞きなれた三〇六番の讃美歌のふしが聞えてきました。よほどの人數で合唱してゐるらしいのでした。

青年はさつと顔いろが青ざめ、たつて一ぺんそつちへ行きさうにしましたが思ひかへしてまた坐りました。

かほるはハンケチを顔にあててしまひました。

ジヨバンニまで何だか鼻が變になりました。けれどもいつともなく誰ともなくその歌は歌ひ出され、だんだんはつきり強くなりました。思はずジヨバンニもカムパネルラも一緒にうたひ出したのです。

そして青い橄欖（かんらん）の森が、見えない天の川の向うにさめざめと光りながらだんだんうしろの方へ行つてしまひ、そこから流れて來るあやしい樂器の音も、もう汽車のひびきや風の音にすり耗らされてずうつとかすかになりました。

「あ、孔雀が居るよ。あ、孔雀が居るよ。」

「あの森琴（ライラ）の宿でせう。あたしきつとあの森の中には、むかしの大きなオーケストラの人たちが集まつていらつしやると思ふわ。まはりには青い孔雀やなんかたくさんゐると思ふわ。」女の子が答へました。

　ジヨバンニは、その小さく小さくなつていまはもう一つの緑いろの貝ぼたんのやうに見える森の上に、さつと青じろく時々光つて、その孔雀がはねをひろげたりとぢたりするのを見ました。

「さうだ、孔雀の聲だつてさつき聞えた。」カムパネルラが女の子に云ひました。

「ええ、三十疋ぐらゐはたしかに居たわ。」女の子が答へました。

　ジヨバンニは俄かに何とも云へずかなしい氣がして、思はず、

「カムパネルラ、ここからはねおりて遊んで行かうよ。」とこはい顔をして云はうとしたくらゐでした。

　ところがそのときジヨバンニは川下の遠くの方に不思議なものを見ました。

それはたしかになにか黒いつるつるした細長いもので、あの見えない天の川の水の上に飛び出してちよつと弓のやうなかたちに進んで、また水の中にかくれたやうでした。をかしいと思つてまたよく氣を付けてゐましたらこんどはずつと近くでまたそんなことがあつたらしいのでした。そのうちもうあつちでもこつちでも、その黒いつるつるした變なものが水から飛び出して、圓（まる）く飛んでまた頭から水へくぐるのがたくさん見えて來ました。みんな魚のやうに川上へのぼるらしいのでした。

「まあ、何でせう。たあちやん、ごらんなさい。まあ澤山だわね。何でせうあれ。」

睡むさうに眼をこすつてゐた男の子はびつくりしたやうに立ちあがりました。

「何だらう。」青年も立ちあがりました。

「まあ、をかしな魚だわ、何でせうあれ。」

「海豚です。」カムパネルラがそつちを見ながら答へました。

「海豚だなんてあたしはじめてだわ。けどここ海ぢやないんでせう。」

「いるかは海に居るときまつてゐない。」あの不思議な低い聲がまたどこからかしました。

　ほんたうにそのいるかのかたちのをかしいことは、二つのひれを丁度兩手をさげて不動の姿勢をとつたやうな風にして水の中から飛び出して來て、うやうやしく頭を下にして不動の姿勢のまままた水の中へくぐつて行くのでした。見えない天の川の水もそのときはゆらゆらと青い焔のやうに波をあげるのでした。

「いるかお魚でせうか。」女の子がカムパネルラにはなしかけました。男の子はぐつたりつかれたやうに席にもたれて睡つてゐました。

「いるか、魚ぢやありません。くぢらと同じやうなけだものです。」カムパネルラが答へました。

「あなたくぢら見たことあつて。」

「僕あります。くぢら、頭と黒いしつぽだけ見えます。潮を吹くと丁度本にあるやうになります。」

「くぢらなら大きいわねえ。」

「くぢら大きいです。子供だつているかぐらゐあります。」

「さうよ、あたしアラビアンナイトで見たわ。」姉は細い銀いろの指輪をいぢりながらおもしろさうにはなししてゐました。

(カムパネルラ、僕もう行つちまふぞ。僕なんか鯨だつて見たことないや。)

ジヨバンニはまるでたまらないほどいらいらしながら、それでも堅く唇を噛んでこらへて窓の外を見てゐました。

その窓の外には海豚のかたちももう見えなくなつて川は二つにわかれました。そのまつくらな島のまん中に、高い高いやぐらが一つ組まれてその上に、一人の寛い服を着て赤い帽子をかぶつた男が立つてゐました。そして兩手に赤と青の旗をもつてそらを見上げて信號(しんごう)してゐるのでした。

ジヨバンニが見てゐる間、その人はしきりに赤い旗をふつてゐましたが、俄かに赤旗をおろしてうしろにかくすやうにし、青い旗を高く高くあげてまるでオーケストラの指揮者のやうに烈しく振りました。すると空中にざあつと雨のやうな音がして、何かまつくろなものがいくかたまりもいくかたまりも、鐵砲彈のやうに川の向うの方へ飛んで行くのでした。ジヨバンニは思はず窓からからだを半分出して、そつちを見あげました。

美しい美しい桔梗いろのがらんとした空の下を、實に何萬といふ小さな鳥どもが幾組も幾組も、めいめいせはしくせはしく鳴いて通つて行くのでした。

「鳥が飛んで行くな。」ジヨバンニが窓の外で云ひました。

「どら。」カムパネルラもそらを見ました。

　そのときあのやぐらの上のゆるい服の男は、俄かに赤い旗をあげて狂氣のやうにふりうごかしました。するとぴたつと鳥の群は通らなくなり、それと同時にぴしやあんといふ潰れたやうな音が川下の方で起つて、それからしばらくしいんとしました。と思つたらあの赤帽の信號手がまた青い旗をふつて叫んでゐたのです。

「いまこそわたれわたり鳥、いまこそわたれわたり鳥。」その聲もはつきり聞えました。それといつしよにまた幾萬といふ鳥の群がそらをまつすぐにかけたのです。

　二人の顔を出してゐるまん中の窓からあの女の子が顔を出して、美しい頬をかがやかせながら大ぞらを仰ぎました。

「まあ、この鳥、たくさんですわねえ。あらまあそらのきれいなこと。」女の子はジヨバンニにはなしかけました。けれどもジヨバンニは生意氣な、いやだいと思ひながら、だまつて口をむすんでそらを見あげてゐました。

　女の子は小さくほつと息をして、だまつて席へ戻りました。カムパネルラが氣の毒さうに窓から顔を引つ込めて地圖を見てゐました。

「あの人鳥へ教へてるんでせうか。」女の子がそつとカムパネルラにたづねました。

「わたり鳥へ信號（しんごう）してるんです。きつとどこからかのろしがあがるためでせう。」

　カムパネルラが少しおぼつかなさうに答へました。そして車の中はしいんとなりました。

賢治さん、ここでも、美味しいりんごが振る舞われ、讃美歌が鳴り響き、渡り鳥が飛び、イルカがたくさん泳いでいるのですね。賢治さん、それこそ、天国のような世界ですね。こんな世界が見えたなら、死の間際にいる人も、すごくしあわせな気持ちでいられるだろうなあと思うのです。

ところで、賢治さん、南アフリカへ出かけたときに、鯨を観ました。

友人で写真家の野村哲也さん（てっちゃん）が陸から鯨を観たときと、海に出て観たときとどう違うかについて説明をしてくれました。

「陸からでも、遠くに鯨がいることがはっきりわかります。お茶やビールを飲みながら、ゆっくりと鯨を見ながら楽しむことができます。でも、海に出れば必ず鯨に会えると思います。なぜなら、鯨は今、子育ての期間で、この安全な入り江で子どもを産み育てているのです。海のレンジャーたちは全力で鯨の居場所をつきとめて、探してくれるだろうから、しっかり目の合う距離で鯨に会うことができるでしょう。僕も鯨と目が合うと本当にうれしかった。でもそのあとは注意しなければなりません。鯨の目がいたずらな目に変わったと思ったとたん、鯨は沈みこんで、背中から潮をふく。実は、その潮はものすごく臭いのです。卵が腐ったにおいの十倍のにおいに、さらにおしっこやうんちもまざったようなにおいがするから、かけられると大変なので僕はさっさと逃げます。それは一度かけられたから知っている情報ですが、みなさんもその情報を知るためにかけられるか、あるいは逃げるかしてくださいね」

そしててっちゃんが「鯨と目を合わせてほしいです」と言いました。続いて「鯨とイルカはどこが違うのだと思う？」と質問があって、こうちゃんは、「魚とほ乳類」と答えてくれました。こうちゃんは中学一年生、イルカも鯨もどちらもほ乳類だということは、中学二年生で習うのです。三メートルより小さいものを「イルカ」、大きいものを「鯨」と呼びます。もちろん三メートル以上のイルカもいて、三メートル以下の鯨だっているのだけど。

そしてついに、私たちは船へ乗り込んで鯨と会うことができました。

本当に鯨に会えたんだという喜びで胸がいっぱいになって、私は涙が出ました。最初は黒いものが泳いでいるということだけしかわからなくて、いったいどんなかっこうで泳いでいるのか、何頭いるのかもわからなかったのです。ただ、そこに鯨のようなものがいるのだと思うだけでした。ところがじっと見ていると賢治さん、不思議なことが起きました。

水は透明ではないので、本当は水に入っている部分は見えないはずなのです。でもなぜか、水に入っている部分まで見えるようにわかるのです。きっと体全体の様子を想像して見えているのだと思います。

頭がここで、しっぽがここで、三頭いる、とかを考えなくても、わかるようになっていきました。そう思って見ていると、水の下であっても、目がどこにあるか見えるようにわかるのです。

そんなときでした。「ああ、もっともっと姿を見せて欲しい。私、もっと仲良くなりたいよ」

そう思ったら、不思議なことに、鯨が「今行くよ。すぐに行くよ」と言ってくれた感じがしました。驚いたことに、そのあとすぐ三頭の鯨が船に近づいてきてくれて、船の下を泳いでくれました。もちろん、偶然なのかもしれません。船には仲間がたくさん乗っていました。船長さんもガイドさんも乗っていました。だから、私が思ったとたんに来てくれるなんて、そんなはずはないのです。でもそのときね、賢治さん「本当に気持ちが通じ合えたみたい」と私はそんな不思議なことを思ったのです。

こんな素敵な物語を書かれる賢治さんだから、こんな私の気持ち、わかってくださるでしょうか?

大きな尾びれが本当に美しくて、そして、なんて優しいのだろうと感じられて、心が揺さぶられて涙がとまりませんでした。

てっちゃんは後で「何度も鯨と会っているけれど、あんなにも近くで大きな姿を見せてくれたことはこれまでなかったんだよ」と教えてくれて、そのときに、その場にいられたことも本当にしあわせなことでした。

そしてね、賢治さん、そのときイルカもたくさんいたのです。

イルカもいっぱいジャンプをして、私はまるで一緒に泳いでいるような気持ちになりました。アシカも丸い頭をぴょこんとだしてくれました。ああ、なんて美しいのでしょう。サファリのヤーニさんが、何度も何度も「ビューティフル!」と言っていた気持ちがすごくわかりました。

すべてが本当に美しい。何もかもが本当に「ビューティフル！」で、その美しい中に私たちも生きているんだと思ったら、本当にすべてにありがとうという思いがしました。

賢治さんのこの章を読みながら、私はそんな南アフリカの旅を思い出しました。賢治さんの世界も何もかもが美しいです。そしてね、私はいつも思います。

あの鯨は私と離れた場所で、一生懸命それぞれの場所で今日も生きている。大きな体をゆったりとうねらせながら、生きている。私たちそれぞれは少しもそんなことに気が付かず、テレビを見たり、電車に揺られたり、ごはんを食べたりしていて、鯨も私のことを思いもしないで、のったりのったり生きている。でも私の体の三十七兆個の細胞のそれぞれに、目や手や耳のすべての遺伝子のスイッチがＯＮになっていなくてもそこにあるように、私の中にもあの鯨がいて、鯨の中にも私がいて、つながっているんだと思うと、ものすごくしあわせな気持ちになるのです。

なぜ鯨の形が濁った水の中で見えたのか、私にはわかりません。なぜ、鯨に思いが伝わった感じがしたのかもわかりません。けれど、鯨もイルカもとびきり優しくて、深いところでつながって、私の思いを知ってくれたのかもしれないなあと思ったりします。

賢治さん、賢治さんの童話は、動物がよく主人公になっています。賢治さんもそんな思いをされたことがありますか？

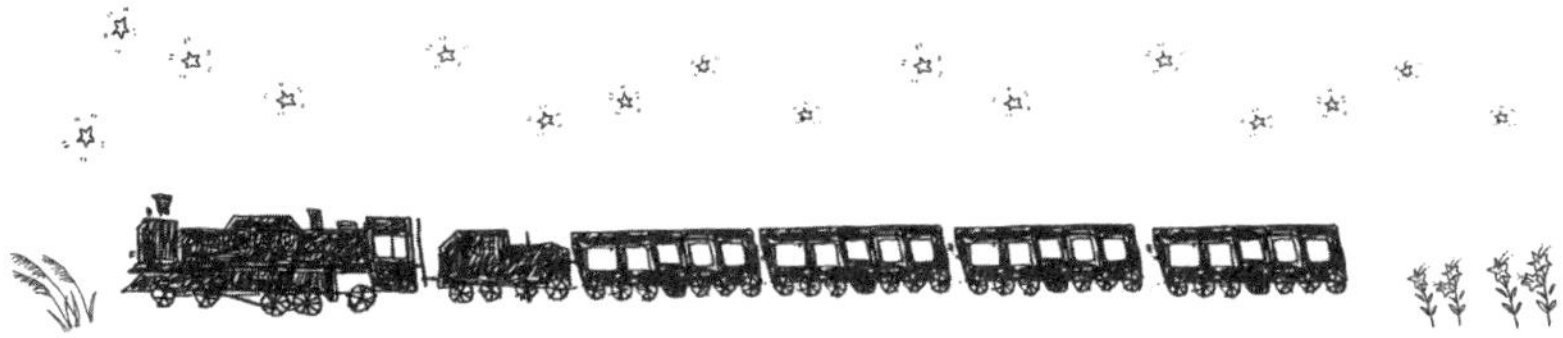

十三　星のかたちとつるはしを書いた旗

ジョバンニはもう頭を引つ込めたかつたのですけれども、明るいとこへ顔を出すのがつらかつたので、だまつてこらへてそのまま立つて口笛を吹いてゐました。

（どうして僕はこんなにかなしいのだらう。僕はもつとこころもちをきれいに大きくもたなければいけない。あすこの岸のずうつと向うにまるでけむりのやうな小さな青い火が見える。あれはほんたうにしづかでつめたい。僕はあれをよく見てこころもちをしづめるんだ。）

ジョバンニは熱つて痛いあたまを兩手で押へるやうにして、そつちの方を見ました。

（ああほんたうにどこまでもどこまでも僕といつしよに行くひとはないだらうか。カムパネルラだつてあんな女の子とおもしろさうに話してゐるし、僕はほんたうにつらいなあ。）

ジョバンニの眼はまた泪でいつぱいになり、天の川もまるで遠くへ行つたやうにぼんやり白く見えるだけでした。

そのとき汽車はだんだん川からはなれて崖の上を通るやうになりました。向う岸もまた黒いいろの崖が川の岸を下流に下るにしたがつて、だんだん高くなつて行くのでした。そしてちらつと大きなたうもろこしの木を見ました。その葉はぐるぐるに縮れ、葉の下にはもう美しい緑いろの大きな苞（つつみ）が赤い毛を吐いて、眞珠のやうな實もちらつと見えたのでした。

　それはだんだん數を増して來て、もういまは列のやうに崖と線路との間にならび、思はずジョバンニが窓から顔を引つ込めて向う側の窓を見ましたときは、美しいそらの野原、地平線のはてまで、その大きなたうもろこしの木がほとんどいちめんに植ゑられてさやさや風にゆらぎ、その立派なちぢれた葉のさきからは、まるでひるの間にいつぱい日光を吸つた金剛石のやうに、露がいつぱいについて赤や緑やきらきら燃えて光つてゐるのでした。

　カムパネルラが、

「あれたうもろこしだねえ。」とジョバンニに云ひましたけれども、ジョバンニはどうしても氣持がなほりませんでしたから、ただぶつきら棒に野原を見たまま、

「さうだらう。」と答へました。

　そのとき汽車はだんだんしづかになつて、いくつかのシグナルとてんてつ器の灯を過ぎ、小さな停車場にとまりました。

　その正面の青じろい時計はかつきり第二時を示し、その振子は、風もなくなり汽車もうごかずしづかなしづかな野原のなかに、カチツカチツと正しく時を刻んで行くのでした。

　そしてまつたくその振子の音の間から遠くの遠くの野原のはてから、かすかなかすかな旋律が糸のやうに流れて來るのでした。「新世界交響樂だわ。」向うの席の姉がひとりごとのやうにこつちを見ながらそつと言ひました。全くもう車の中ではあの黒服の丈高い青年も誰れもみんなやさしい夢を見てゐるのでした。

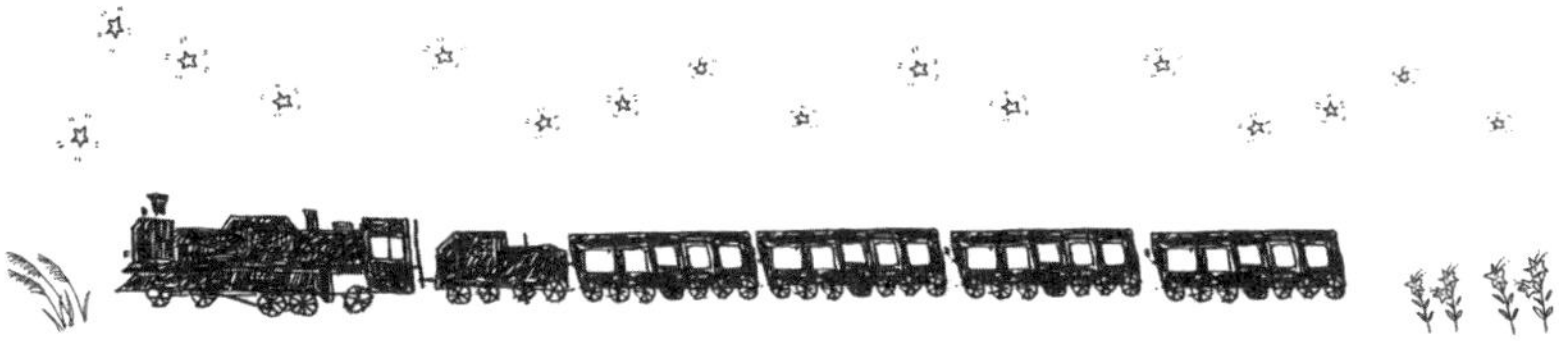

（こんなしづかないいところで僕はどうしてもつと愉快になれないだらう。どうしてこんなにひとりさびしいのだらう。けれどもカムパネルラなんかあんまりひどい。僕といつしよに汽車に乘つてゐながら、まるであんな女の子とばかり話してゐるんだもの。僕はほんたうにつらい。）

ジヨバンニはまた兩手で顔を半分かくすやうにして、向うの窓のそとを見つめてゐました。

すきとほつた硝子のやうな笛が鳴つて、汽車はしづかに動き出し、カムパネルラもさびしさうに星めぐりの口笛を吹きました。

「ええ、ええ、もうこの邊はひどい高原ですから。」

うしろの方で誰かとしよりらしい人の、いま眼がさめたといふ風ではきはき話してゐる聲がしました。

「たうもろこしだつて棒で二尺も孔をあけておいて、そこへ播かないと生えないんです。」

「さうですか、川まではよほどありませうかねえ。」

「ええ、ええ、河までは二千尺から六千尺あります。もうまるでひどい峡谷になつてゐるんです。」

さうさう、ここはコロラドの高原ぢやなかつたらうか、ジヨバンニは思はずさう思ひました。

姉は弟を自分の胸によりかからせて睡らせながら、黒い瞳をうつとりと遠くへ投げて何を見るでもなしに考へ込んで居るのでしたし、カムパネルラはまたさびしさうにひとり口笛を吹き、男の子はまるで絹で包んだ苹果のやうな顔いろをしてねむつて居りました。

突然たうもろこしがなくなつて、巨きな黒い野原がいつぱいにひらけました。

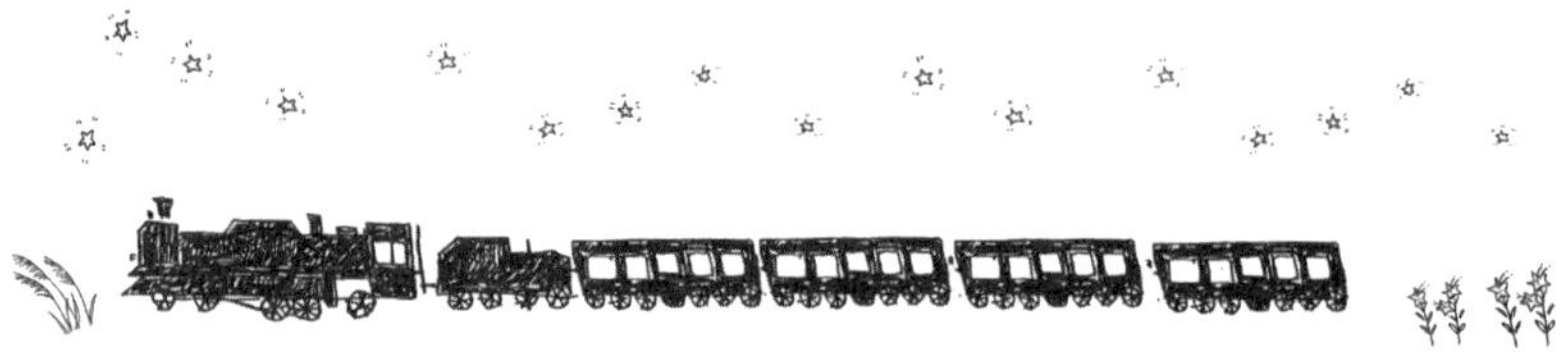

新世界交響樂ははつきり地平線のはてから湧き、そのまつ黒な野原のなかを一人のインデアンが白い鳥の羽根を頭につけ、たくさんの石を腕と胸にかざり、小さな弓に矢を番（つが）へて一目散に汽車を追つて來るのでした。

「あら、インデアンですよ。インデアンですよ。ごらんなさい。」

黒服の青年も眼をさましました。

ジヨバンニもカムパネルラも立ちあがりました。

「走つて來るわ。あら、走つて來るわ。追ひかけてゐるんでせう。」

「いいえ、汽車を追つてるんぢやないんですよ、獵（かり）をするか踊るかしてるんですよ。」

青年はいまどこに居るか忘れたといふ風に、ポケツトに手を入れて立ちながら云ひました。

まつたくインデアンは半分は踊つてゐるやうでした。第一かけるにしても足のふみやうがもつと經濟もとれ、本氣にもなれさうでした。にはかにくつきり白いその羽根は前の方へ倒れるやうになり、インデアンはぴたつと立ちどまつてすばやく弓を空にひきました。そこから一羽の鶴がふらふらと落ちて來て、また走り出したインデアンの大きくひろげた兩手に落ちこみました。

インデアンはうれしさうに立つてわらひました。そしてその鶴をもつてこつちを見てゐる影も、もうどんどん小さく遠くなり、電しんばしらの碍子がきらつきらつと續いて二つばかり光つて、またたうもろこしの林になつてしまひました。

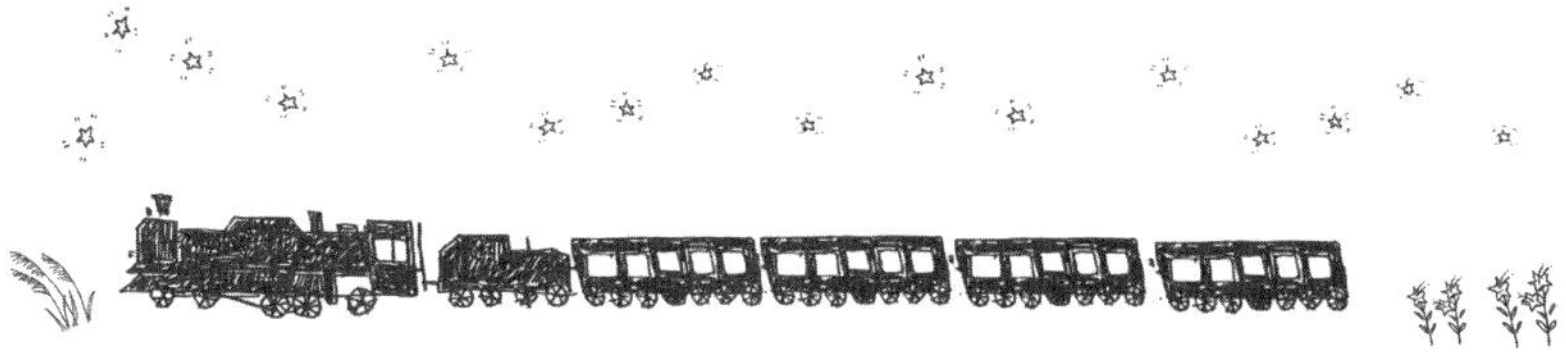

こつち側の窓を見ますと、汽車はほんたうに高い高い崖の上を走つてゐて、その谷の底には川がやつぱり幅ひろく明るく流れてゐたのです。

「ええ、もうこの邊から下りです。何せこんどは一ぺんにあの水面までおりて行くんですから容易ぢやありません。この傾斜があるもんですから、汽車は決して向うからこつちへは來ないんです。そら、もうだんだん早くなつたでせう。」さつきの老人らしい聲が云ひました。

どんどんどんどん汽車は降りて行きました。崖のはしに鐵道がかかるときは、川が明るく下にのぞけたのです。

ジヨバンニはだんだんこころもちが明るくなつて來ました。

汽車が小さな小屋の前を通つて、その前にしよんぼりひとりの子供が立つてこつちを見てゐるときなどは思はず、ほう、と叫びました。

どんどんどんどん汽車は走つて行きました。室中のひとたちは、半分うしろの方へ倒れるやうになりながら、腰掛にしつかりしがみついてゐました。

ジヨバンニは思はずカムパネルラとわらひました。もうそして天の川は汽車のすぐ横手を、いままたよほど激しく流れて來たらしく、ときどきちらちら光つてながれてゐるのでした。うすあかい河原なでしこの花があちこち咲いてゐました。汽車はやうやく落ちついたやうにゆつくりと走つてゐました。

向うとこつちの岸に、星のかたちとつるはしを書いた旗がたつてゐました。

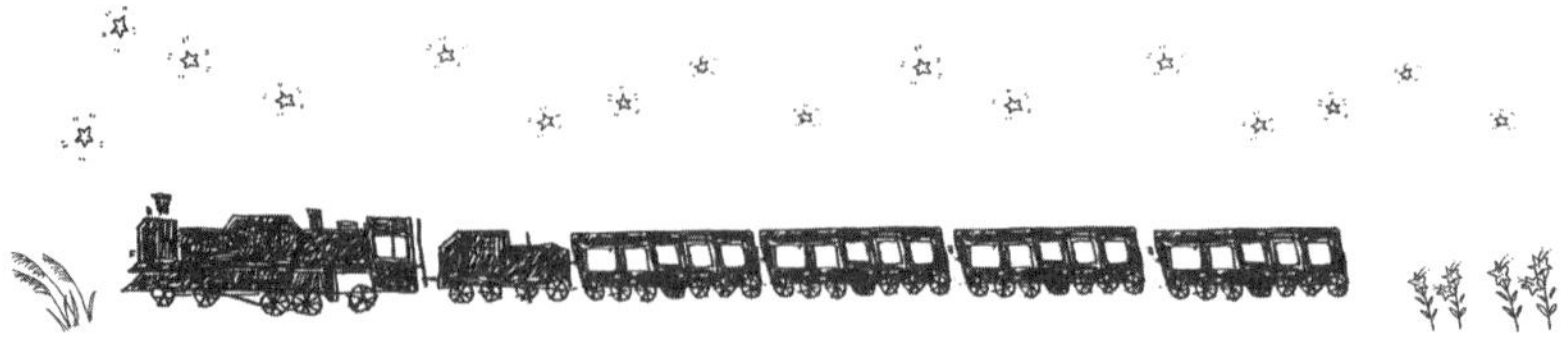

「あれ、何の旗だらうね。」ジョバンニがやつとものを云ひました。

「さあ、わからないねえ。地圖にもないんだもの。鐵（てつ）の舟がおいてあるねえ。」

「ああ。」

「橋を架けるとこぢやないんでせうか。」女の子が云ひました。

「ああ、あれ工兵の旗だねえ。架橋演習をしてるんだ。けれど兵隊のかたちが見えないねえ。」

　その時向う岸ちかく、少し下流の方で、見えない天の川の水がぎらつと光つて、柱のやうに高くはねあがり、どおと烈しい音がしました。

「發破だよ。發破だよ。」カムパネルラはこをどりしました。

　その柱のやうになつた水は見えなくなり、大きな鮭や鱒がきらつきらつと白く腹を光らせて空中に抛り出されて、圓い輪を描いてまた水に落ちました。

　ジョバンニはもうはねあがりたいくらゐ氣持が輕くなつて云ひました。

「空の工兵大隊だ。どうだ、鱒やなんかがまるでこんなになつてはねあげられたねえ。僕こんな愉快な旅はしたことない。いいねえ。」

「あの鱒なら近くで見たらこれくらゐあるねえ、たくさんさかな居るんだな、この水の中に。」

「小さなお魚もゐるんでせうか。」女の子が話につり込まれて云ひました。

「居るんでせう。大きなのが居るんだから小さいのもゐるんでせう。けれど遠くだから、いま小さいの見えなかつたねえ。」ジョバンニはもうすつかり機嫌が直つて、面白さうにわらつて女の

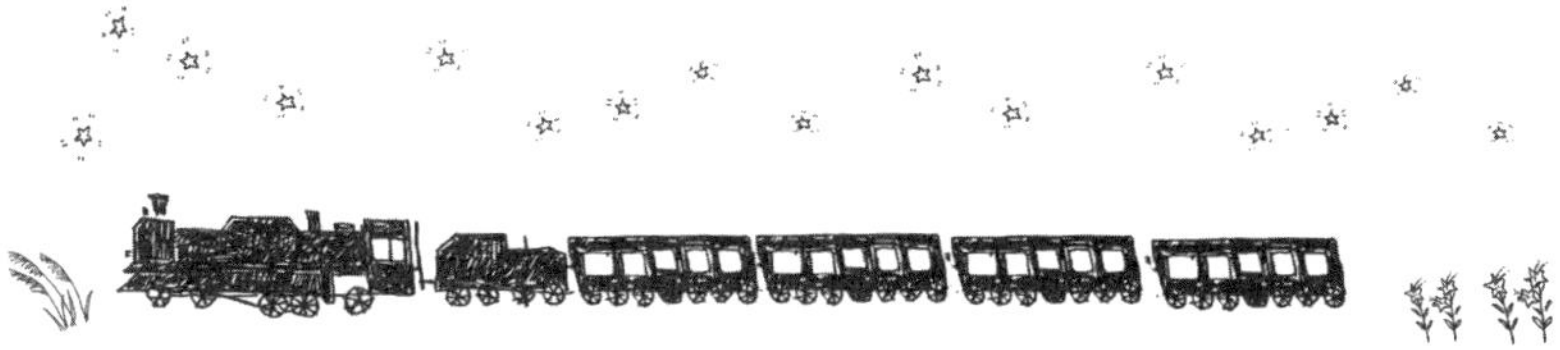

子に答へました。

「あれきつと雙子（ふたご）のお星さまのお宮だよ。」男の子が、いきなり窓の外をさして叫びました。

　右手の低い丘の上に小さな水晶ででもこさえたやうな二つのお宮がならんで立つてゐました。

「雙子のお星さまのお宮つて何だい。」

「あたし前になんべんもお母さんから聞いたわ、ちやんと小さな水晶のお宮で二つならんでゐるからきつとさうだわ。」

「はなしてごらん。雙子のお星さまが何したつての。」

「ぼくも知つてらい。雙子のお星さまが野原へ遊びにでて、からすと喧嘩したんだらう。」

「さうぢやないわよ。あのね、天の川の岸にね、おつかさんお話なすつたわ。……」

「それから彗星（はうきぼし）が、ギーギーフーギーギーフーて云つて來たねえ。」

「いやだわたあちやん、さうぢやないわよ。それはべつの方だわ。」

「するとあすこにいま笛を吹いて居るんだらうか。」

「いま海へ行つてらあ。」

「いけないわよ。もう海からあがつていらつしやつたのよ。」

「さうさう、ぼく知つてらあ、ぼくおはなししよう。」

賢治さん、「星のかたちとつるはしを書いた旗」とはいったいどんな旗ですか？ そのあとで、「橋を架けるとこぢやないんでせうか。」と女の子が言っているから、それは工事中だよという印なのでしょうか？

賢治さん、銀河鉄道には、これまでも「三角標」がたくさん出てきます。美しい色をして出てくるけれど、いったいそれも私にはわかりません。

七の「銀河ステーション」の章には**「野原にはあつちにもこつちにも、燐光の三角標が、うつくしく立つてゐたのです。遠いものは小さく、近いものは大きく、遠いものは橙や黄いろではつきりし、近いものは青白く少しかすんで、或ひは三角形、或ひは四邊（へん）形、あるひは雷や鎖の形、さまざまにならんで、野原いつぱい光つてゐるのでした。」**と書いてありました。

賢治さん、これはいったいこの世界では何を指しているのでしょうか？

三角点だったら、いろいろな形になって、そんなにさまざまには、野原に並んではいないでしょう。

賢治さんは測量をよくされたから、測量のときに使う目印の旗や測量機を立てる三角形にも見えるスタンドのことを書いておられるのかなと、そんな想像もすごく楽しいです。それにしても、列車に乗って風景を見ていても、山に登っていても、多くの人はあまり意識されないような測量のものを、賢治さんが取り上げているのがすごくおもしろいです。

私の父は多趣味な人でした。

山にもよく登りました。時折家族で一緒に山に登ったりもしました。父が広げる巻き物のような地図には、丸に八分音符のような羽がついている電波塔や、三角点や水準点の記号がそれこそたくさん並んでいました。

あそこに灯りが灯っていれば、銀河鉄道の夜のように美しくなるでしょうね。

父もまた、本や文字の好きな人でした。

父が持っていたのは国土地理院発行の二万五千分の一の地図だったのでしょうか？　私はそれを見て「お父さん、この地図をいっぱいいっぱいつなぎあわせたら、地球になるの？」と聞いたことがありました。

賢治さん、父は私の頭をなでながら「そうだよ、そうなんだよ。だからね、この地図は地球の上で、自分がどこにいるのか教えてくれているんだよ」と言いました。

十一章にも

……＊……

ごとごとごとごと汽車はきらびやかな燐光の川の岸を進みました。向うの方の窓を見ると、野原はまるで幻燈のやうでした。百も千もの大小さまざまの三角標、その大きなものの上には赤い點々（てんてん）をうつた測量旗も見え、野原のはてはそれがいちめん、たくさんたくさん集つてぼうつと青白い霧のやう、そこからか、またはもつと向うからか、ときどきさまざま

の形のぼんやりした狼煙（のろし）のやうなものが、かはるがはるきれいな桔梗いろのそらにうちあげられるのでした。

……＊……

とかかれた場所があります。賢治さん、地球の居場所、あるいは宇宙の居場所と思いながら読んでみると、**「百も千もの大小さまざまの三角標、その大きなものの上には赤い點々（てんてん）をうつた測量旗」**がたくさんたくさん集まって美しく幻燈のような世界をつくっているというのも違って見えてくるのです。

それはまさに私たち一人ひとり、自然の全てのひとつひとつを指して、みんな素敵にそれぞれの花を咲かせているんだよと書いてくださっているような気がしてくるのです。それは、あまりに自分勝手な解釈でしょうか？　賢治さん、いつかそんなお話も一人でしたいです。

十四　蝎（さそり）の火

　川の向う岸が俄に赤くなりました。楊（やなぎ）の木や何かもまつ黒にすかし出され、見えない天の川の波もときどきちらちら針のやうに赤く光りました。

　まつたく向う岸の野原に大きなまつ赤な火が燃され、その黒いけむりは高く桔梗いろのつめたさうな天をも焦がしさうでした。ルビーよりも赤くすきとほり、リチウムよりも、うつくしく酔（よ）つたやうになつてその火は燃えてゐるのでした。

「あれは何の火だらう。あんな赤く光る火は何を燃せばできるんだらう。」ジョバンニが云ひました。

「蝎の火だな。」カムパネルラが又地圖と首つ引きして答へました。

「あら、蝎の火のことならあたし知つてるわ。」

「蝎の火つて何だい。」ジョバンニがききました。

「蝎がやけて死んだのよ。その火がいまでも燃えてるつて、あたし何べんもお父さんから聴いたわ。」

「蝎つて、蟲だらう。」

「ええ、蝎は蟲よ。だけどいい蟲だわ。」

「蝎、いい蟲ぢやないよ。僕博物館でアルコールにつけてあるの見た。尾にこんなかぎがあつて、それで刺されると死ぬつて先生が云つたよ。」

「さうよ。だけどいい蟲だわ、お父さん斯う云つたのよ。むかしバルドラの野原に一ぴきの蝎がゐて、小さな蟲やなんか殺してたべて生きてゐたんですつて。するとある日、いたちに見附かつて食べられさうになつたんですつて。さそりは一生けん命遁（に）げて遁げたけど、とうとういたちに押へられさうになつたわ。そのとき、いきなり前に井戸があつてその中に落ちてしまつたわ。

　もうどうしてもあがられないで、さそりは溺れはじめたのよ。そのときさそりは斯う云つてお祈りしたといふの。

　ああ、わたしはいままでいくつのものの命をとつたかわからない、そしてその私がこんどいたちにとられようとしたときはあんなに一生懸命にげた。それでもとうとうこんなになつてしまつた。ああなんにもあてにならない。どうしてわたしはわたしのからだを、だまつていたちに呉れてやらなかつたらう。そしたらいたちも一日生きのびたらうに。どうか神さま。私の心をごらん下さい。こんなにむなしく命をすてず、どうかこの償（つぐない）には、まことのみんなの幸のために私のからだをおつかひ下さい。つて云つたといふの。そしたらいつか蝎はじぶんのからだが、まつ赤なうつくしい火になつて燃えて、よるのやみを照らしてゐるのを見たつて。

　いつまでも燃えてるつてお父さん、仰つしやつたわ。ほんたうにあの火、それだわ。」

「さうだ。見たまへ。そこらの三角標はちやうどさそりの形にならんでゐるよ。」

　ジヨバンニはまつたくその大きな火の向うに、三つの三角標が、さそりの腕のやうに、こつちに五つの三角標がさそりの尾やかぎのやうにならんでゐるのを見ました。そしてほんたうにそのまつ赤なうつくしいさそりの火は音なくあかるくあかるく燃えたのです。

　その火がだんだんうしろの方になるにつれて、みんなは何とも云へずにぎやかなさまざまの樂の音や草花の匂のやうなもの、口笛や人々のざわざわ云ふ聲やらを聞きました。

　それはもうぢきちかくに町か何かがあつて、そこにお祭でもあるといふやうな氣がするのでした。

「ケンタウルス、露をふらせ。」いきなりいままで睡つていたジヨバンニのとなりの男の子が、向うの窓を見ながら叫んでゐました。

　ああそこにはクリスマストリイのやうにまつ青な唐檜（とうひ）かもみの木がたつて、その中にはたくさんのたくさんの豆電燈がまるで千の螢でも集つたやうについてゐました。

「ああ、さうだ。今夜ケンタウル祭だねえ。」

「ああ、ここはケンタウルの村だよ。」カムパネルラがすぐ云ひました。

……（次の原稿一枚位なし）……

「ボール投げなら僕決してはづさない。」

　男の子が大威張で云ひ出しました。

「もうぢきサウザンクロスです。おりる支度をして下さい。」青年がみんなに云ひました。

「僕、も少し汽車へ乗つてるんだよ。」男の子が云ひました。

　カムパネルラのとなりの女の子はそはそは立つて支度をはじめました。けれどもやつぱりジヨバンニたちとわかれたくないやうなやうすでした。

「ここでおりなけあいけないのです。」青年はきちつと口を結んで男の子を見おろしながら云ひました。

「厭だい。僕、もう少し汽車へ乗つてから行くんだい。」

　ジョバンニがこらへ兼ねて云ひました。

「僕たちと一緒に乗つて行かう。僕たちどこまでだつて行ける切符持つてるんだ。」

「だけどあたしたち、もうここで降りなけあいけないのよ、ここ天上へ行くとこなんだから。」

女の子がさびしさうに云ひました。

「天上へなんか行かなくたつていいぢやないか。ぼくたちここで天上よりももつといいとこをこさへなけあいけないつて僕の先生が云つたよ。」

「だつてお母さんも行つてらつしやるし、それに神さまも仰つしやるんだわ。」

「そんな神さまうその神さまだい。」

「あなたの神さまうその神さまよ。」

「さうぢやないよ。」

「あなたの神さまつてどんな神さまですか。」

　青年は笑ひながら云ひました。

「ぼくほんたうはよく知りません。けれどもそんなんでなしに、ほんたうのたつた一人の神さまです。」

「ほんたうの神さまはもちろんたつた一人です。」

「ああ、そんなんでなしにたつたひとりのほんたうのほんたうの神さまです。」

「だからさうぢやありませんか。わたくしはあなた方がいまにそのほんたうの神さまの前に、わたくしたちとお會ひになることを祈ります。」青年はつつましく兩手を組みました。

　女の子もちやうどその通りにしました。みんなほんたうに別れが惜しさうで、その顔いろも少し青ざめて見えました。ジヨバンニはあぶなく聲をあげて泣き出さうとしました。

「さあもう支度はいいんですか。ぢきサウザンクロスですから。」

　ああそのときでした。見えない天の川のずうつと川下に青や橙や、もうあらゆる光でちりばめられた十字架が、まるで一本の木といふ風に川の中から立つてかがやき、その上には青じろい雲がまるい環になつて後光のやうにかかつてゐるのでした。

　汽車の中がまるでざわざわしました。みんなあの北の十字のときのやうにまつすぐに立つて

お祈りをはじめました。

　あつちにもこつちにも子供が瓜に飛びついたときのやうなよろこびの聲や、何とも云ひやうのない深いつつましいためいきの音ばかりきこえました。そしてだんだん十字架は窓の正面になり、あの苹果の肉のやうな青じろい銀の雲も、ゆるやかにゆるやかに繞（めぐ）つてゐるのが見えました。

「ハルレヤ、ハルレヤ。」明るくたのしくみんなの聲はひびき、みんなはそのそらの遠くから、つめたいそらの遠くから、すきとほつた何とも云へずさわやかなラツパの聲をききました。そしてたくさんのシグナルや電燈の灯のなかを汽車はだんだんゆるやかになり、とうとう十字架のちやうどま向ひに行つてすつかりとまりました。

「さあ、降りるんですよ。」青年は男の子の手をひき、姉はじぶんのえりや肩をなほしながらだんだん向うの出口の方へ歩き出しました。

「ぢやさよなら。」女の子がふりかへつて二人に云ひました。

「さやなら。」ジヨバンニはまるで泣き出したいのをこらへて、怒つたやうにぶつきら棒に云ひました。

　女の子はいかにもつらさうに眼を大きくして、も一度こつちをふりかへつてそれからあとはもうだまつて出て行つてしまひました。汽車の中はもう半分以上も空いてしまひ、俄かにがらんとしてさびしくなり、風がいつぱいに吹き込みました。

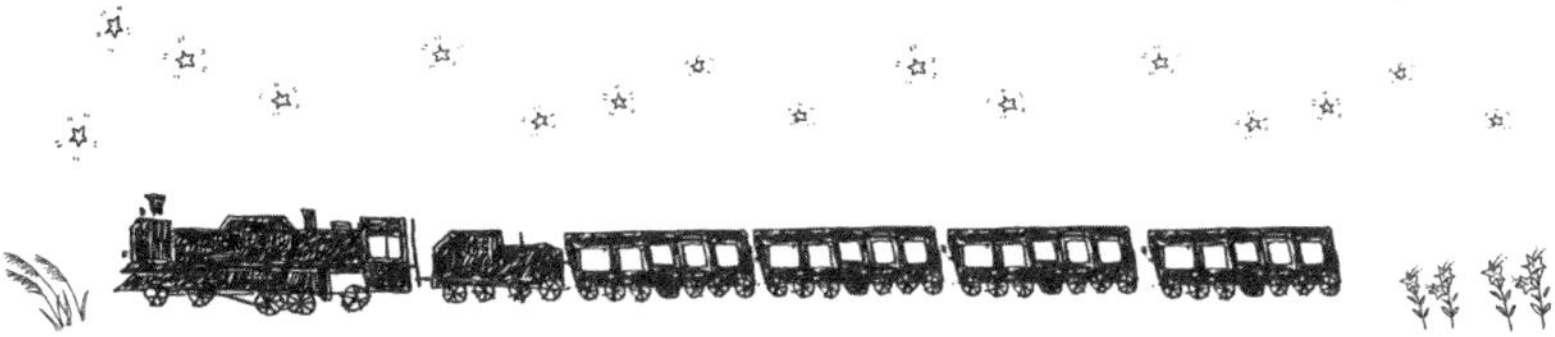

そして見てゐるとみんなはつつましく列を組んで、あの十字架の前の天の川のなぎさにひざまづいてゐました。そしてその見えない天の川の水をわたつて、ひとりの神々しい白いきものの人が手をのばしてこつちへ來るのを二人は見ました。けれどもそのときはもう硝子の呼子は鳴らされ汽車はうごきだし、と思ふうちに銀いろの霧が川下の方から、すうつと流れて來て、もうそつちは何も見えなくなりました。ただたくさんのくるみの木が葉をさんさんと光らしてその霧の中に立ち、黄金の圓光をもつた電氣栗鼠（でんきりす）が、可愛い顔をその中からちらちらのぞかしてゐるだけでした。

そのとき、すうつと霧がはれかかりました。どこかへ行く街道らしい小さな電燈の一列についた通りがありました。それはしばらく線路に沿つて進んでゐました。

そして二人がそのあかしの前を通つて行くときは、その小さな豆いろの火はちやうど挨拶でもするやうにぽかつと消え、二人が過ぎて行くときまた點（つ）くのでした。

ふりかへつて見ると、さつきの十字架はすつかり小さくなつてしまひ、ほんたうにもう、そのまま胸にも吊されさうになり、さつきの女の子や青年たちがその前の白い渚にまだひざまづいてゐるのか、それともどこか方角もわからないその天上へ行つたのか、ぼんやりして見分けられませんでした。

賢治さん、外には雪が降り出しました。この降り方だと夜までに何十センチも積もるでしょうね。

賢治さん、私は雪の結晶を見るのが好きです。空中の水分が、約束事（プログラム）に従って、形を作る。

「雪は天から送られた手紙である」雪の科学者、中谷宇吉郎さんの言葉のように、風や温度、湿度など、ひとひらとして同じ雪はないけれど、そのプログラムが形になる。

私たちも与えられたプログラムによって、私と言う形になったのだろうか、雪と同じだろうかと感じられるから、落ちてくる雪の結晶を見るのが好きなのです。

賢治さん、前に花巻を訪れたときに、駅の外を見ると、雪がどんどん降っていました。岩手弁をお話しされるタクシーの運転手さんは、雪のことを確か「雪っこ」と呼んでおられました。「っこ」とはわらしべのことだそうです。ひとひら、ひとひら降る雪を、賢治さんのお国の方は、いとおしく思われるのですね。賢治さんの「羅須地人協会」のあたりも雪で美しかったです。大きな窓の木造の部屋には、丸い木製の椅子が火鉢を囲んで丸くおかれてあって、留守のときに、訪ねて来られた方が困らないように、玄関の黒板には几帳面な綺麗な字で「下ノ畑ニ居リマス」の文字がありました。

賢治さん、賢治さんの優しさが、風景や空気やいろいろなところをキラキラ輝かせていたようでした。

賢治さん、蠍のお話はとても印象的なお話しですね。

この世の中は、みんなでひとつのいのちを生きている。だからこそ、食べるものがいて、食べられるものがいて、お互いが大きないのちを支え合っている。

自分も虫をたくさん食べてきて、その自分がいたちに食べられるのは不思議ではなくてかえって自然なこと。そうすべきこと。それなのに自分は命を惜しんで、無駄な死に方をしてしまうと蠍は思うのですね。

「ひとつのいのちを生きるとはどんなことですか？　かっこちゃんはどんな意味でつかっているのですか？」と質疑の時間に質問をいただくことがあります。そのときどきによって違うけど、あるときは柿の実の話をしました。

柿は実をつけ始めたかと思うと、まだ小さいうちに緑の実をいっぱい地面に落とします。病気や害虫で落ちることもあるけれど、ヘタのついたまま落ちるのは生理落果と言うそうです。全てが大きな実になれば、折れやすい柿の枝は折れてしまうでしょう。それを防ぎ、木を守るためと、良い実を残そうとするためと言われています。

落ちてしまった小さな柿をひとつの命と考えないで、柿の木全体をひとつの命と考えたときに、緑の実で落ちてしまうというのは、とても必要なことなのですね。落ちた実が可哀想とかそうでない実はよかったとか、そういう問題ではなく、みんながいのちを支えているのだと思うのです。でも柿の木はそれだけでなく、もっと大きないのちの中にいます。

木の葉っぱを食べる虫がいて、その虫を蠍が食べる。もし蠍が虫を食べなかったら、餌である木の葉っぱがなくなって、その木が枯れてしまうかもしれません。そのあたりの木自体が全滅してしまうこともありうるでしょう。そうならないのは、蠍のおかげと言えるとも思います。そう思うと、食べることも食べられることもやはり大切で、みんなでひとつのいのちを生きていると言ってもいいのかもしれません。

私たちは大きなサムシング・グレートの掌の上で守られている。そう思えることのひとつのような気がするのです。

十五　本当のさいわひ

ジョバンニは、ああ、と深く息しました。

「カムパネルラ、また僕たち二人きりになつたねえ、どこまでもどこまでも一緒に行かう。僕はもう、あのさそりのやうにほんたうにみんなの幸のためならば僕のからだなんか、百ぺん灼いてもかまはない。」

「うん。僕だつてさうだ。」カムパネルラの眼にはきれいな涙がうかんでゐました。

「けれどもほんたうのさいはひは一體何だらう。」

ジョバンニが云ひました。

「僕わからない。」カムパネルラがぼんやり云ひました。

「僕たちしつかりやらうねえ。」ジョバンニが胸いつぱい新らしい力が湧くやうにふうと息をしながら云ひました。

「あ、あすこ石炭袋だよ。そらの孔だよ。」カムパネルラが、少しそつちを避けるやうにしながら天の川のひとところを指さしました。

ジョバンニはそつちを見て、まるでぎくつとしてしまひました。天の川の一とところに大きなまつくらな孔が、どほんとあいてゐるのです。その底がどれほど深いか、その奥に何があるか、

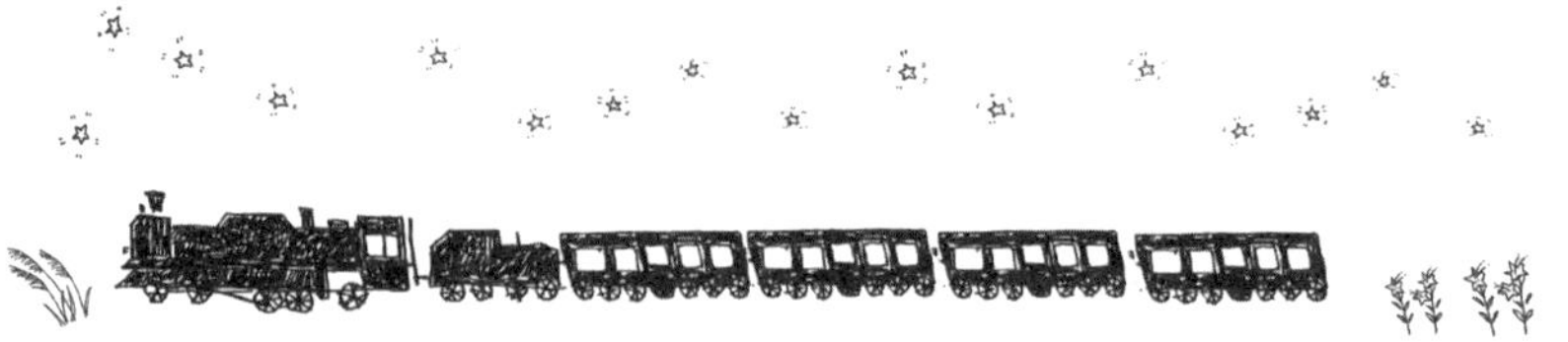

いくら眼をこすつてのぞいてもなんにも見えず、ただ眼がしんしんと痛むのでした。ジョバンニが云ひました。

「僕、もうあんな大きな闇の中だつてこはくない、きつとみんなのほんたうのさいはひをさがしに行く、どこまでもどこまでも僕たち一緒に進んで行かう。」

「ああきつと行くよ。」

カムパネルラは俄かに窓の遠くに見えるきれいな野原を指さして叫びました。

「ああ、あすこの野原はなんてきれいだらう。みんな集つてるねえ。あすこがほんたうの天上なんだ。あつ、あすこにゐるのはぼくのお母さんだよ。」

ジョバンニもそつちを見ましたけれども、そこはぼんやり白くけむつてゐるばかり、どうしてもカムパネルラが云つたやうに思はれませんでした。

何とも云へずさびしい氣がして、ぼんやりそつちを見てゐましたら、向うの河岸に二本の電信ばしらが丁度兩方から腕を組んだやうに赤い腕木をつらねて立つてゐました。

「カムパネルラ、僕たち一緒に行かうねえ。」ジョバンニが斯（こ）う云ひながらふりかへつて見ましたら、そのいままでカムパネルラの坐つてゐた席に、もうカムパネルラの形は見えず黒いびろうどばかりひかつてゐました。

ジョバンニはまるで鐵砲彈のやうに立ちあがりました。そして窓の外へからだを乗り出して、力いつぱいはげしく胸をうつて叫び、それからもう咽喉（のど）いつぱい泣きだしました。

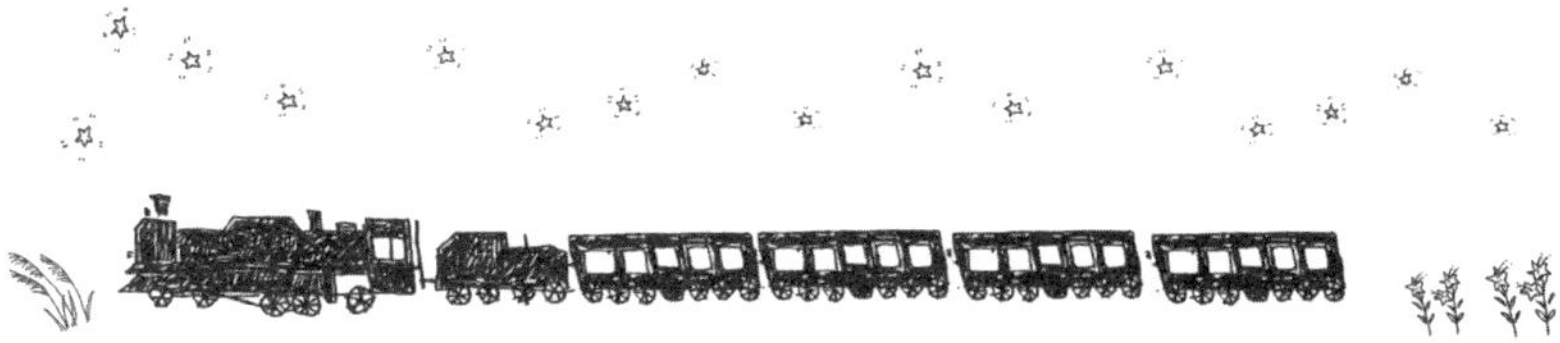

　もうそこらが一ぺんにまつくらになつたやうに思ひました。そのとき、

「おまへはいつたい何を泣いてゐるの。ちよつとこつちをごらん。」いままでたびたび聞えた、あのやさしいセロのやうな聲がジヨバンニのうしろから聞えました。

　ジヨバンニは、はつと思つて涙をはらつてそつちをふり向きました。

　さつきまでカムパネルラの坐つてゐた席に黒い大きな帽子をかぶつた青白い顔の痩せた大人が、やさしくわらつて大きな一册の本をもつてゐました。

「おまへのともだちがどこかへ行つたのだらう。あのひとはね、ほんたうにこんや遠くへ行つたのだ。おまへはもうカムパネルラをさがしてもむだだ。」

「ああ、どうしてなんですか。ぼくはカムパネルラといつしよにまつすぐに行かうと云つたんです。」

「ああ、さうだ。みんながさう考へる。けれどもいつしよに行けない。そしてみんながカムパネルラだ。

　おまへがあふどんなひとでも、みんな何べんもおまへといつしよに苹果をたべたり汽車に乗つたりしたのだ。

　だからやつぱりおまへはさつき考へたやうに、あらゆるひとのいちばんの幸福をさがし、みんなと一しよに早くそこに行くがいい。そこでばかりおまへはほんたうにカムパネルラといつまでもいつしよに行けるのだ。」

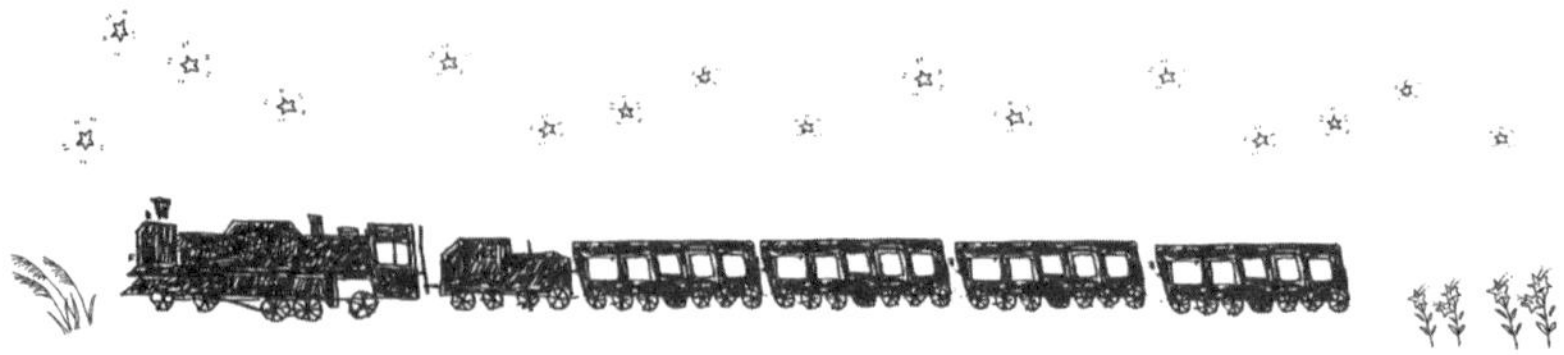

「ああぼくはきつとさうします。ぼくはどうしてそれをもとめたらいいでせう。」
「ああわたくしもそれをもとめてゐる。おまへはおまへの切符をしつかりもつておいで。そして一しんに勉強しなけあいけない。おまへは化學をならつたらう。水は酸素と水素からできてゐるといふことを知つてゐる。いまはだれだつてそれを疑やしない。實驗して見るとほんたうにさうなんだから。
　けれども昔はそれを水銀と鹽（しお）でできてゐると云つたり、水銀と硫黄でできてゐると云つたりいろいろ議論したのだ。みんながめいめいじぶんの神さまがほんたうの神さまだといふだらう。けれどもお互ほかの神さまを信ずる人たちのしたことでも涙がこぼれるだらう。それからぼくたちの心がいいとかわるいとか議論するだらう。そして勝負がつかないだらう。けれどももし、おまへがほんたうに勉強して、實驗でちやんとほんたうの考へと、うその考へとを分けてしまへば、その實驗の方法さへきまれば、もう信仰も化學と同じやうになる。けれども、ね、ちよつとこの本をごらん。いいかい。これは地理と歴史の辭典だよ。この本のこの頁はね、紀元前二千二百年の地理と歴史が書いてある。よくごらん、紀元前二千二百年のことでないよ。紀元前二千二百年のころにみんなが考へてゐた地理と歴史といふものが書いてある。
　だからこの頁一つが一冊の地歴の本にあたるんだ。いいかい、そしてこの中に書いてあることは紀元前二千二百年ころにはたいてい本當だ。さがすと證據（しょうこ）もぞくぞくと出てゐる。けれどもそれが少しどうかなと斯う考へだしてごらん、そら、それは次の頁だよ。

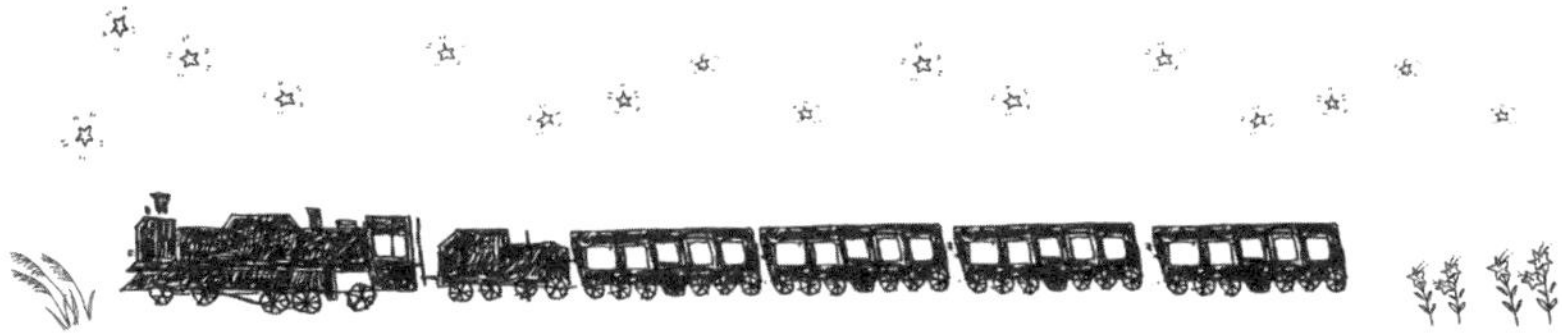

紀元前一千年。だいぶ地理も歴史も變つてるだらう。このときには斯うなのだ。變な顔してはいけない。ぼくたちはぼくたちのからだだつて考へだつて、天の川だつて汽車だつて歴史だつて、たださう感じてゐるだけなんだから、そらごらん、ぼくといつしよにすこしこころもちをしづかにしてごらん。いいか。」

そのひとは指を一本あげてしづかにそれをおろしました。

するといきなりジヨバンニは自分といふものがじぶんの考へといふものが、汽車やその學者や天の川やみんないつしよにぽかつと光つて、しいんとなくなつてぽかつとともつてまたなくなつて、そしてその一つがぽかつとともるとあらゆる廣い世界ががらんとひらけ、あらゆる歴史がそなはり、すつと消えるともうがらんとしたただもうそれつきりになつてしまふのを見ました。

だんだんそれが早くなつて、まもなくすつかりもとのとほりになりました。

「さあいいか。だからおまへの實驗はこのきれぎれの考へのはじめから終りすべてにわたるやうでなければいけない。それがむづかしいことなのだ。けれども、もちろんそのときだけのでもいいのだ。ああごらん、あすこにプレアデスが見える。おまへはあのプレアデスの鎖を解かなければならない。」

そのときまつくらな地平線の向うから青じろいのろしがまるでひるまのやうにうちあげられ、汽車の中はすつかり明るくなりました。

そしてのろしは高くそらにかかつて光りつづけました。

「ああマジエランの星雲だ。さあもうきつと僕は僕のために、僕のお母さんのために、カムパネルラのために、みんなのために、ほんたうのほんたうの幸福をさがすぞ。」

ジヨバンニは唇を噛んで、そのいちばん幸福なそのひとのために、そのマジエランの星雲をのぞんで立ちました。

「さあ、切符をしつかり持つておいで。お前はもう夢の鐵道の中でなしに本當の世界の火やはげしい波の中を大股にまつすぐに歩いて行かなければいけない。天の川のなかでたつた一つのほんたうのその切符を決しておまへはなくしてはいけない。」

あのセロのやうな聲がしたと思ふとジヨバンニは、あの天の川がもうまるで遠く遠くなつて風が吹き、自分はまつすぐに草の丘に立つてゐるのを見、また遠くからあのブルカニロ博士の足おとのしづかに近づいて來るのをききました。

「ありがたう。私は大へんいい實驗をした。私はこんなしづかな場所で、遠くから私の考へを人に傳へる實驗をしたいとさつき考へてゐた。お前の云つた言葉はみんな私の手帖にとつてある。さあ歸つておやすみ。お前は夢の中で決心したとほりまつすぐに進んで行くがいい。そしてこれから何でもいつでも私のところへ相談においでなさい。」

「僕きつとまつすぐに進みます。きつとほんたうの幸福を求めます。」

ジヨバンニは力強く云ひました。

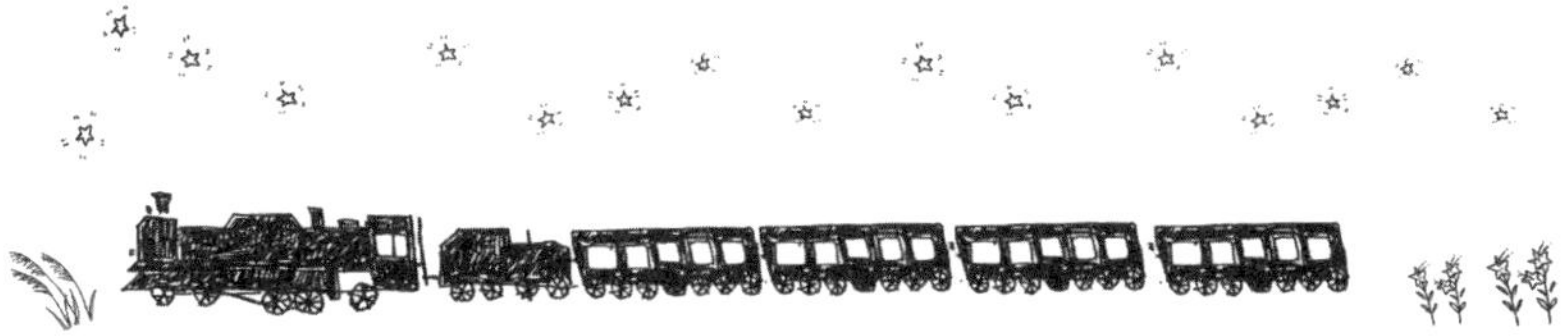

「ああではさよなら。これはさつきの切符です。」

博士は小さく折つた緑いろの紙を、ジヨバンニのポケツトに入れました。

そしてもうそのかたちは天氣輪の柱の向うに見えなくなつてゐました。

賢治さん、とうとう銀河鉄道の旅も終点に近づいてきたようです。

ところで賢治さん、きっとこの物語をうーんと昔に読まれた人も、そして私と一緒に読んでいる人も、立ち止まってしまう場所があると思うのです。


……＊……


カムパネルラは俄か（にわか）に窓の遠くに見えるきれいな野原を指さして叫びました。

「ああ、あすこの野原はなんてきれいだらう。みんな集つてるねえ。あすこがほんたうの天上なんだ。あつ、あすこにゐるのはぼくのお母さんだよ。」

ジヨバンニもそつちを見ましたけれども、そこはぼんやり白くけむつてゐるばかり、どうしてもカムパネルラが云つたやうに思はれませんでした。


……＊……


だってね、賢治さん、カムパネルラのお母さんは、祭にでかけたカンパネルラの帰りを心配しながら、家で待っているはずなのです。それなのにカムパネルラのお母さんはほんとうの天上にいると言うのです。それはどういうことなのでしょう。

賢治さん、初めて『銀河鉄道の夜』を読んでから、私はやっぱり何度もこの場所で立ち止まりました。そして、二つのことを考えました。

二つ理解があるというより、あるときは、片方を賢治さんは書いたのだろうと思い、あるときはもう一方こそが答えだろうと思ったのです。

賢治さん、最初の片方は、ここに出てくる天上のお母さんと、カンパネルラの帰りを待っているお母さんとは別の存在なのかなあということでした。

村上先生は、サムシング・グレートの説明をされるときに「僕の考えはいたってシンプルです。サムシング・グレートは僕たちの親の親の親です」と言いました。「僕たちには間違いなく親がいて、その親にも間違いなく親がいる。そのずっと先にある大元の親がサムシング・グレートだ」と説明してくれました。

賢治さん、宇宙から生まれた私たちはまた宇宙へ還ります。すべてのものは一度バラバラになり、炭素になったり、水になったり、他のものになったりして、そして、天に帰って行く、そして天というか、サムシング・グレートの設計によって、私たちはまた宇宙にとって大切な何かに生まれかわる。あるときは葉っぱに、あるときは木に、虫に、人間に……。そしていつも私たちはサムシング・グレートに抱かれ、守られ、愛され続ける。ここでのお母さんはその偉大な存在のことだろうかとそう思うときもあるのです。そして、そのときはカンパネルラは、そこへ帰って行ったんだなあと思うのです。

そしてね、賢治さん、私はあるときは、天上のお母さんとカンパネルラのお母さんの両方を指しているのかなと思ったりします。カンパネルラが見た美しい野原は、カンパネルラを待っているお母さんも含めて、学校の友だちも、ザネリも、牛乳屋さんも、活版所に働く人も、そして、白鳥座や、蠍や、なにもかもみんながいるこの宇宙全体を言っていて、そこでは、カンパネルラが大好きなお母さんがいっそうキラキラ輝いて見えて、「あゝ僕たちはみんな守られていて、愛されていて、本当はいつだって誰だって、どこにいたって、しあわせなんだ」と思った場所なのかなあと、そう思う日もあるのです。

私は腹心の友と言い合っている大切な友人がいます。その友人と往復書簡の形で『魔法の文通』（文　赤塚高仁・山元加津子　絵　リカ　モナ森出版）という本を書きました。

その中に私はこんなふうに書きました。

・・・・・・・

赤塚さん、仏教の本を読んだとき、生まれてくるときに、生まれるのが嫌で赤ちゃんは泣くと書いてありました。そして、赤塚さんが書かれたように、この世は苦しみだと仏様（仏陀）が言ったと書いてありました。

赤塚さんも書いてくださいましたね。

……＊……

この世は、「苦しみ」だと仏陀は言いました。

生まれてくる苦しみ、老いる苦しみ、病気になり、死んでゆく苦しみ。

逢いたい人に逢えないのは苦しみ。

逢いたくない人に逢うのも苦しみ。

欲しいものが手に入らないのは苦しみ。
本能が盛んで制御できないのは苦しみ。

でもね、赤塚さん、私たちはこんなに楽しいよ。歌を歌った夜も楽しかったね。朝、私のおしゃべりを聞いてくださってるときも、私は皆さんがいてくださることがしあわせでしあわせでときどき、ニヤニヤしそうになって、抑えられないほどでした。

……（中略）……

赤塚さんが教えてくださったお話はいつも私の心の中にあります。フットプリントのお話です。

・・・・・・・

ある夜、一人の男が夢を見た。海岸を歩いている夢だった。彼は、歩きながら自分の人生を走馬灯のように思い出していた。ふと振り返ると、その場面場面で砂浜に二組の足跡があることに彼は気がついた。ひとつは自分のもの、そしてもうひとつはいつも伴って歩いてくれた神のものだということがわかった。どんなときも一緒に歩いてくれた神の存在に心から感謝をして、もう一度足跡をじっと見た。

ところが、彼の人生で最も困難で悲しみに打ちひしがれ、立ち直れないほどのどん底にあったときに足跡がたったひとつしかないではないか。

彼は、神に尋ねた。

「神様、私の人生で最も苦しかったとき、ひとつの足跡しかありません。私が最もあなたを必要としていたとき、どうしてあなたは私を見捨てたのですか？」

その時、天から声が聞こえた
「わが子よ、我が愛する子よ、それは違う。私はあなたを愛している。たとえあなたが私を見失っても、私は一瞬たりともあなたを見失いはしない。その足跡は、私の足跡である。あなたが試練や苦しみの深みにあった時、あなたを背負って歩いた私の足跡なのだ」

・・・・・・・・

脳の勉強をしていたとき、息ができなくなったときや、痛みが伴う時、辛くてたまらない時には、脳内モルヒネが出ると知りました。発作のときに、温かくて気持ちがいいと教えてくれた男の子も、亡くなった私の父のことも、きっと大きな宇宙が守ってくれて、いつもそばにいてくださったのかなと思うのです。

私たちはいつも守られている。愛されている。赤ちゃんが生まれるときも、長い産道を通って息ができないようなときも、きっと大きな愛に抱かれている。

だから、私は、この世は、「喜び」だと思います。

生まれてくる喜び、老いる喜び、病気になり、死んでゆくしあわせ。

逢いたい人に逢えないけど、逢えたときに百倍うれしい喜び。

逢いたくない人もあとできっと逢えてよかったなあと気がつく喜び。

欲しいものが手に入らなくてもだいじょうぶと思える喜び。

本能が盛んで制御できなくても、湧き上がる思いで生きていける喜び。

この世が喜びでいっぱいだと教えてくれたのは、そうだ、赤塚さん、あなたです。ありがとう。

赤塚さん。


今日もしあわせでいっぱいです。

また会える日を楽しみにしています。きっと今日も明日もいい日です。それではまたね。

かつこ

・・・・・・・
賢治さん、私は、カンパネルラはうれしい気持ちで、大きなサムシング・グレートの温かい手を感じながら、みんなでひとつになるためにバラバラの原子になって、戻っていったのかなあとそんなふうにも思うのです。

賢治さんの思いは本当はいったいどっちだったのでしょう。

それでね、賢治さんは私に、「かっこちゃんはここのお母さんのこと、どっちだと思うの？」と聞いてくださるでしょうか？

私はそのときどきで、違う答えを言うかもしれません。ずるいでしょうか？

でも今はこう思います。どっちでもおんなじだと。なぜなら、大きな存在は、カンパネルラのお母さんを通して、カンパネルラを愛していて、私たちすべての中に、大きな存在があり、大きな存在の中に私たちがいる。

私たちの思いも行動も、大きな存在すなわちサムシング・グレートの思いの投影だし、思い煩い、悲しみ、怒るということや、そうやってジタバタすることすら、サムシング・グレートの愛なのだと思うのです。

賢治さん、そしてブルカニロ博士が出てきたのですね。博士が出てこない本も多いですが、私が底本としたものには、第三次稿までいたブルカニロ博士がここで出てきました。（あるいは、ずっといても姿は見えなくて）泣き叫んでいるジョバンニを助けてくれたのでしょうか？　そして、ジョバンニに
「ああマジエランの星雲だ。さあもうきっと僕は僕のために、僕のお母さんのために、カムパネルラのために、みんなのために、ほんたうのほんたうの幸福をさがすぞ。」と決意をさせてくれたのでしょうか？

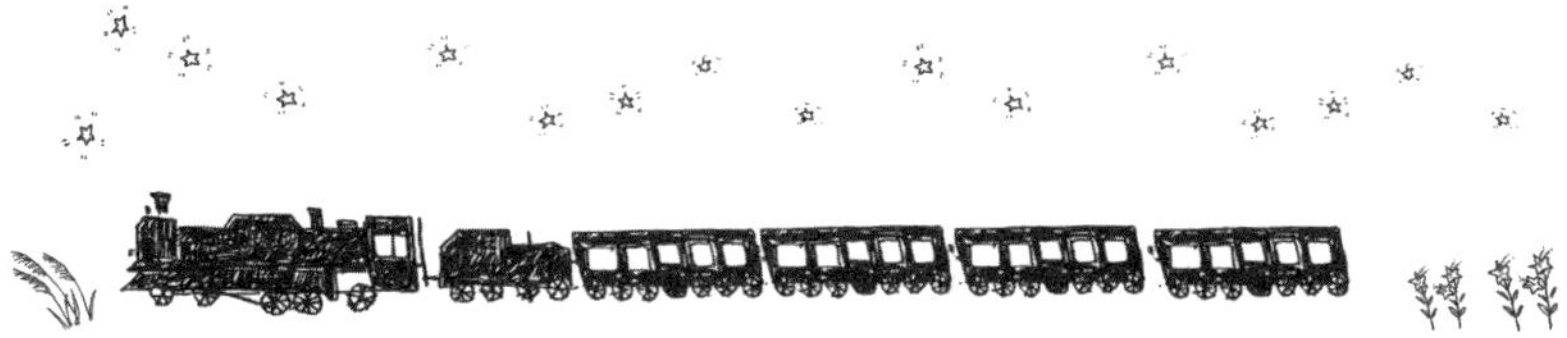

十六　家へ

琴の星がずうつと西の方へ移つてそしてまた夢のやうに足をのばしてゐました。

ジヨバンニは眼をひらきました。もとの丘の草の中につかれてねむつてゐたのでした。胸は何だかをかしく熱り、頰にはつめたい涙がながれてゐました。

ジヨバンニは、ばねのやうにはね起きました。町はすつかりさつきの通りに下でたくさんの灯を綴つてはゐましたが、その光はなんだかさつきよりは熱したという風でした。そしてたつたいま夢であるいた天の川もやつぱりさつきの通りに白くぼんやりかかり、まつ黒な南の地平線の上では殊にけむつたやうになつて、その右には蝎座の赤い星がうつくしくきらめき、そこらぜんたいの位置はそんなに變つてもゐないやうでした。

ジヨバンニは一さんに丘を走つて下りました。まだ夕ごはんをたべないで待つてゐるお母さんのことが、胸いつぱいに思ひだされたのです。

（ここにカムパネルラが川に入ったよという文章が入る）

ジヨバンニはまつすぐに走つて丘をおりました。

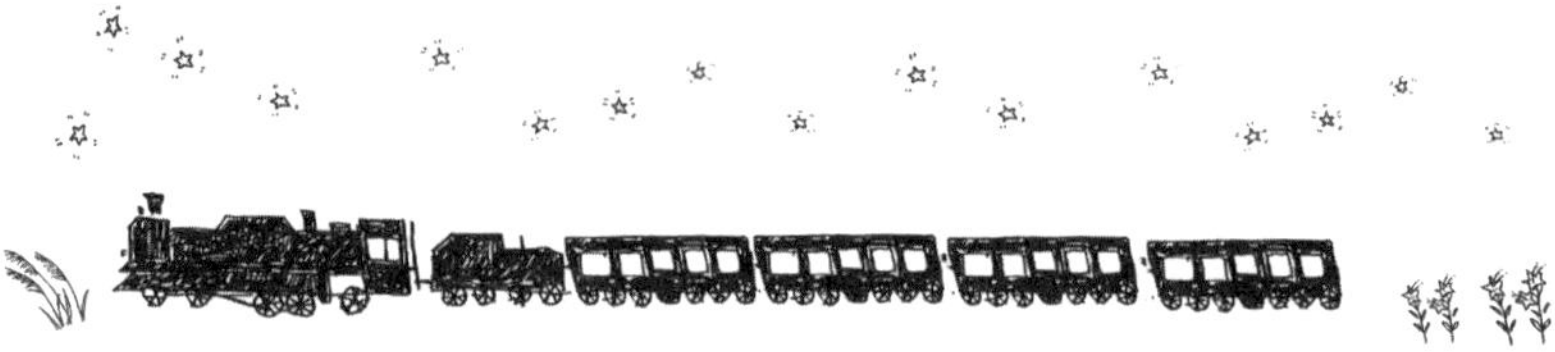

　そしてポケツトが大へん重くカチカチ鳴るのに氣がつきました。林の中でとまつてそれをしらべて見ましたら、あの緑いろのさつき夢の中でみたあやしい天の切符の中に、大きな二枚の金貨が包んでありました。
「博士ありがたう、おつかさん。すぐ乳をもつて行きますよ。」
　ジヨバンニは叫んでまた走りはじめました。何かいろいろのものが一ぺんにジヨバンニの胸に集つて何とも云へずかなしいやうな親しいやうな氣がするのでした。ジョバンニはもういろいろなことで胸がいっぱいで、早くお母さんに牛乳を持って行って、お父さんの帰ることを知らせようと思うと、もういちもくさんに河原を街の方へ走りました。

賢治さん、本来なら、ここで初めて、ジョバンニはカンパネルラの亡くなったことを知るのですね。そして読者も「そうだったのか」とか、「ああ、やっぱり」とか思うのでしょう。

本当に最後の最後に。

あらためて、ここで、繋がりをよくするために、賢治さんの文章を少し継ぎはぎさせていただいたことを謝らせてください。

賢治さん、私は本当のことを言うと、小さいときに、難しい旧仮名遣いを読んで、ようやく物語の最後にたどりついたときに、カンパネルラが実は亡くなっていたのだということを知って、前にも言ったけど、熱が出て寝込んでしまったのです。それはうわごとを言うほどだったのですよ。ちょっと恨み言みたいなことを賢治さんに言いました。ごめんね。

賢治さん、ジョバンニのお父さんが帰ってきて、ジョバンニのお母さんもお姉ちゃんも、そして私もすごくうれしいです。

誰もが必ず死ぬということがたとえわかっていたとしても、カンパネルラのことは、カンパネルラのお母さんもお父さんもどんなに悲しいことでしょう。私もやっぱり悲しいです。

でも、うれしいということや、悲しいという気持ちも、サムシング・グレートが用意してくださったものですものね。

賢治さん、こうして賢治さんのことを考えながら、『銀河鉄道の夜』を読むことは、とても楽しかったです。

そしてね、賢治さん。わたしね、春にはみんなと一緒に、賢治さんに会いに花巻に行きます。賢治さんの真似をして、帽子をかぶってコートを着てそっと歩いてみようかな。あるいは、美しい春を楽しみながら、ぴょんぴょん跳ねてみようかな。

春になるのが楽しみです。

「銀河鉄道の夜」の部分につきましては
底本：「銀河鉄道の夜」岩波文庫、岩波書店
1951（昭和26）年10月25日初版発行
1962（昭和37）年3月30日第13刷発行
底本の親本：「宮澤賢治全集　第三巻」十字屋書店

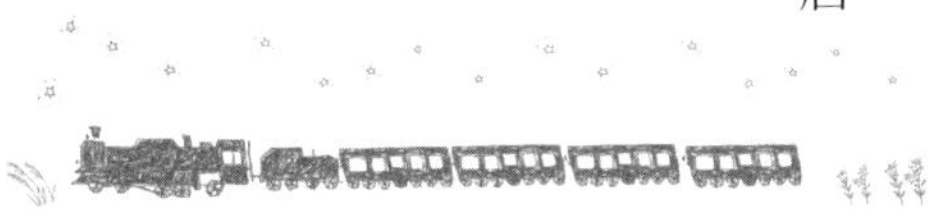

銀河鉄道の夜
イーハトーブの賢治さんへ

二〇二四年　三月二十四日　初版
著　者　宮沢賢治
　　　　山元加津子
協　力　朗読倶楽部
発行者　山元加津子
発行所　モナ森出版
　　　　石川県小松市大杉町ス一一一
印刷・製本　株式会社オピカ
ISBN978-4-910388-18-2